光文社文庫

文庫書下ろし／長編時代小説

五番勝負

若鷹武芸帖

岡本さとる

光　文　社

この作品は光文社文庫のために書下ろされました。

目次【五番勝負　若鷹武芸帖】

若鷹武芸帖
五番勝負

『五番勝負　若鷹武芸帖』おもな登場人物

新宮鷹之介……公儀武芸帖編纂所頭取。鏡心明智流の遣い手。

水軒三右衛門……公儀武芸帖編纂所の一員。柳生新陰流の遣い手。

松岡大八……公儀武芸帖編纂所の一員。円明流の遣い手。

富澤春……春太郎の名で深川で芸者をしている。角野流手裏剣術を父・富澤秋之助から受け継ぐ。

高宮松之丞……先代から仕えている新宮家の老臣。

お光……元海女。公儀武芸帖編纂所に女中として勤めている。

藤浪鈴……徳川家に仕える別式女。改易された藤浪家の姫で、薙刀の名手。

中田郡兵衛……武芸帖編纂所の書役。

原口鉄太郎……新宮家の若党。

第一章　第一番

一

八月に入って、残暑も和《やわ》らいできた。

夏の鍛練が実を結び、またひとつ成長を遂げられる、武芸の秋の到来である。

今年に入ってからも、武芸帖編纂《ぶげいちょうへんさん》を進める度に騒動に見舞われ、慌《あわただ》しく暮らしてきた新宮鷹之介《しんぐうたかのすけ》であったが、

「少し落ち着かれて、自らの武芸に磨きをかけられたらよろしかろう」

編纂方の水軒三右衛門《すいけんさんえもん》の進言を受け、このところは編纂所の武芸場で、剣術の稽古に汗を流していた。

ここでの稽古は内容が充実している。

柳生新陰流《やぎゅうしんかげ》の達人である三右衛門は元より、同じく編纂方である円明流《えんめい》の松岡《まつおか》大八《だいはち》も、三右衛門に劣らぬ剣技を披露してくれる。

二人は共に四十七歳であるが、歳を重ねる度に体の力が抜け、息も切らさずに相手を倒す術を身につけている。

体力と敏捷さでは、誰にも後《おく》れはとらぬ鷹之介であるが、三右衛門と大八との立合では、その力がたちまち吸い取られてしまい、息があがってしまう。

相手との間合を見極め、呼吸を読む――。

これぱかりは、三十前で経験に乏しい鷹之介には極意が掴めず、

――まだまだ、自分には及ばぬ境地だ。

と、思い知らされる。

しかし、自分に足らぬ何かを見つけることが稽古なのだ。

そもそも鏡心明智流《きょうしんめいち》士学館《しがくかん》の道場では、俊英を謳《うた》われた新宮鷹之介である。

達人二人との稽古に慣れると、知らず知らずのうちに、恐るべき剣技が身についてくるというものだ。

とはいえ、彼は一介《いっかい》の剣客ではない。

公儀武芸帖編纂所《こうぎぶげいちょうへんさんじょ》の頭取という役儀を仰せつかっている。

自分の強さをひけらかし、剣をもって世に出んとする意図はないので、自分の武芸の域がどこにあるのかは知る由《よし》もない。

ただ、三右衛門、大八と稽古で立合った時の手応えが日々確かなものになると、その充実感はなまなかではない。

さらに、鎖鎌術の名人・小松杉蔵《こまつすぎぞう》、薙刀《なぎなた》術の遣い手・藤浪鈴《ふじなみすず》が時折現れては稽古をしていくので、鷹之介は頭取として武芸の素養を高めるという域を超えたところに、いつしか身を置いていた。

三右衛門と大八は、それを傍で見ていられることに満足を覚えていた。

「のう大八、我らはこの泰平の世にあって武芸を修めてきたが、ただ己を強くして、人を殺《あや》めることだけに時を費してきたのかもしれぬ」

「ふふふ、三右衛門、おぬしが言いたいことはわかるぞ。もう世の中からは用済みとされていたおれ達にも、ひとつ生きてきた甲斐があったと言いたいのだな」

大八が問い返すと、三右衛門は神妙に頷いてみせる。

斬るか斬られるかという昔気質の武芸を信奉していた二人は、修行の末に得た極意を持て余していた。

そんな折に出会ったのが新宮鷹之介であった。

彼には類《たぐい》まれなる武芸の才と、己が力に振りまわされぬ強い正義感と理性、万人に慕われる潔癖が備わっている。

鷹之介ならば、本来武芸が内包している陰惨な一面を、心身を鍛えるための武士の嗜《たしな》みに昇華させられるであろう。

そういう人に仕え、傍にいられる晩年を過ごせるとは、

――何たる果報であろう。

と思われるのだ。

大八には三右衛門の考えていることが手に取るようにわかるのだが、

「おぬしも変わったのう」

と、苦笑いを禁じえない。

三右衛門はすかさず大八に、

「人に何かを伝えて悦《えつ》に入《い》る、その辺りによくいる剣術師範のようだと、言いたい

のであろうが」

「ふふふ、歳をとった者同士が喋ると、相手が何を考えているのかたちどころにわかるゆえ、つまらぬのう」

「ああそうだ。おれも人並みに歳をとったということよ」

「そのように悟りきった水軒三右衛門はますますつまらぬ」

「つまらぬか」

「ああつまらぬよ。もう人としての用がすんだゆえ、死に場所を求めている。近頃のおぬしはそんな風に見えるぞ」

「朴念仁《ぼくねんじん》の松岡大八にそんな風に言われるとは、これはやはり死なねばならぬのう」

「ははは、それでよい。その憎まれ口がおぬしになくてはのう」

笑いとばす大八であるが、盟友の三右衛門は、先頃柳生新陰流における剣友・和《わ》平剣造《ひらけんぞう》の死に立会い、剣造の忘れ形見である登世《とよ》とは恋情を交わしつつ別れたばかりであった。その痛手を引きずっているのではないかと心中穏やかではなかった。

とはいえ、三右衛門の黄昏《たそがれ》も、すべては鷹之介の武芸者としての充実につながるのなら、喜ぶべき頰笑ましさだと捉えたのである。

そして、鷹之介の成長を誰よりも喜び、誇りに思っているのが、新宮家の老臣《ろうしん》・高宮松之丞《たかみやまつのじょう》であるのは言うを待たない。

彼は、新宮家先代・孫右衛門《まごえもん》の頃からの忠臣であり、鷹之介が十三歳で家督《かとく》を継いだ折は懸命に家を支えた。鷹之介が父の跡を継ぎ小姓組番衆《こしょうぐみばんしゅう》として将軍家に召し出されるにあたっては功人だったと言える。

それゆえ、水軒三右衛門、松岡大八のように、武芸の上達を喜ぶばかりではなく、公儀から一役所を任された殿が、やがて立身出世を遂げると信じている。

「殿、ゆめゆめ武芸帖編纂所の頭取とお成りになったことを、閑職に追いやられた、などとは思われませぬように……」

と言って、番方《ばんかた》の武士としては花形の小姓組番衆から役替えとなり、打ち沈んだ時もあった鷹之介を鼓舞《こぶ》し続けた。

鷹之介は松之丞の想いを受け止め、黙々と役を務めるうちに、この役に妙味を覚え、今では身に付いた武芸以上に、武士としての貫禄を備え始めていた。

松之丞にはそれが何よりも嬉しいのだ。

支配の若年寄《わかどしより》・京極周防守高備《きょうごくすおうのかみたかまさ》は、なかなかの切れ者である。日々、登城をしない御役でも、鷹之介の成長ぶりを認め、必ずや身が立つようにしてくださるであろうと念じていた。

鷹之介が支配への報告をしに周防守に会いに行く度に、

「殿はひとつの御役所を任されておいでなのです。あれこれとお迷いにならず、武芸帖編纂に力を注がれるのが何よりにござりまするぞ……」

などと口では言っているが、編纂だけではない何かの御役が、周防守によってもたらされるのではないかと、心の内では期待しているのである。

八月十五夜の月を愛で、老臣が天に主君の立身を祈った翌日、鷹之介に京極邸への呼び出しがかかった。

どうやら将軍家の意向を含んだ話らしい。

鷹之介の成長を確信する松之丞は、

「いよいよ、新たなお召しに違いない」

と、内心狂喜した。

しかし、京極周防守から申し渡された命は、確かに将軍・徳川家斉《とくがわいえなり》の思し召しとはいえ、松之丞を満足させるものではなかったのである。

二

新宮鷹之介は、赤坂丹後坂《あかさかたんござか》の屋敷を出て、赤坂御門から永田《ながた》馬場へ、京極家上屋敷へと向かった。

ちょうど二年前の夏に、この屋敷へと呼び出された時は胸が躍った。

周囲の者達は、家斉からの覚えめでたい鷹之介のことであるから、徒頭《かちがしら》か目付《めつけ》に栄進するのではないかと噂をしていたし、それは鷹之介本人の耳にも届いていた。

高鳴る胸を抑えつつ、若年寄の前へ出てみれば、武芸帖編纂所頭取を命じられたのであった。

滅びゆく武芸を調べ、それを後世に残すために武芸帖に記す――。

そんな役目は、どう考えても、

「あいつにでもさせておけ」

というようなものではないか。

深い絶望の中、屋敷へ帰り、家来達を心配させたものである。

それが、この日の鷹之介は、御役替えになることを恐れていた。

屋敷の隣地に武芸帖編纂所があり、そこには幕府から送り込まれる与力《よりき》、同心《どうしん》の類は一人もなく、水軒三右衛門、松岡大八に加えて、書役《かきやく》の中田郡兵衛《なかたぐんべえ》、女中で元海女《あま》の水術継承者・お光《みつ》――。

幾多の苦難を乗り越え深い絆で結ばれるようになった彼らは、新宮家の者達同様、鷹之介になくてはならない存在となっている。

今さら容易《たやす》く編纂所から出ろと言われても困るのである。

この二年、鷹之介は自分の中で眠りかけていた武芸が、覚醒した感がある。

――爺《じ》イは不満かもしれぬが、立身を遂げるのなら、武芸帖編纂所頭取として成したいものだ。

そのように思っていた。

しかし、高宮松之丞に止《とど》まらず、新宮家に仕える者達は、皆当然のごとく鷹之介の出世を願っていよう。

今の地位でいる限り、なかなかその期待に応えられまい。

人の気持ちを察することが出来るようになればなるほど、そこに心苦しさを覚える鷹之介であった。

そんな想いを胸に拝謁《はいえつ》すると、京極周防守は、殊《こと》の外《ほか》機嫌がよかった。

若年寄は重責を負う。

日々の務めに追われると、鷹之介の爽やかな表情に、あらゆる煩しさからしばし解き放たれるのだ。

「どうじゃな、近頃は……？」

「ははッ。日々、剣術の極意を求めんと、武芸場に出ておりまする」

「水軒三右衛門と立合うているか」

「はい」

「それはよい。そなたもさぞ腕を上げたことであろうのう」

「腕を上げたかどうかはわかりませぬが、少しは剣を見る目が開かれたのではないかと存じおりまする」

「うむ、何よりじゃ」

周防守は相好《そうごう》を崩して、扇でぽんとひとつ膝を打った。

「武芸帖編纂所の頭取としては、それが何よりも肝要《かんよう》じゃ」

その口ぶりから察すると、御役替えの儀ではないようだ。

鷹之介は心の内でほっとしていた。

しかし、何げない話題から入ってくる時、周防守は将軍家からのやっかいな命を受けていることが多い。

気を引き締めると、

「上様におかれては、番方の武芸について、このところはいかなものかと仰せでのう……」

早速、将軍・家斉の話となった。

「と、申されますと……」

「武をもって仕える番方の士が、果してそれなりの腕を備えているのか、ふと気になったと、な」

「左様にござりまするか」

「何やら頼りなげに思われておいでのようじゃ」

代々将軍家の剣術指南役を務めている柳生家の当主・俊豊《としもり》は、近頃、病がちで余命幾ばくもないとの噂があり、それは鷹之介の耳にも入っていた。

俊豊は、水軒三右衛門の師・但馬守《たじまのかみ》俊則《としのり》の養嗣子《ようしし》である。

文化《ぶんか》四年に俊則が隠居した後、柳生家を継ぐが、四年前に俊則が死去し、彼もまた体調を崩していた。

まだ齢《よわい》三十一。嫡男・俊章《としあきら》は十二歳である。

家斉は、俊則に剣を学び、この指南役を大いに信頼していただけに、その後の柳生家を憂えているという。

将軍家は、柳生新陰流の他にも、小野《おの》派一刀《いっとう》流を指南役としてきた。

現当主は小野次郎《じろう》右衛《え》門忠孝《もんただたか》である。

しかし、小野家は元文《げんぶん》三年に忠一《ただかず》が歿《ぼっ》して以来、忠久《ただひさ》、忠方《ただかた》と早世が続き、その道統が一時、弘前《ひろさき》の大名・津軽《つがる》家に移ったこともあり、落ち着かなかった。

一刀流は弟子筋の中西《なかにし》道場が興隆し、そこから出て北辰《ほくしん》一刀流を創始した千葉《ちば》周作《しゅうさく》などが名を挙げていて、宗家をしのぐ勢いであった。

そのような将軍家を取り巻く剣術事情が、家斉に、

「我が旗本《はたもと》達は、頼みとなるのであろうか」

という不安を抱かせたらしい。

話を聞くと、鷹之介も大いに頷ける。

「して、わたくしに何をせよと……」

畏《かしこ》まってみせると、

「これという番方の士から、聞き取りをしてもらいたいのじゃ」

周防守は静かに言った。

番方の士の中で、武芸優秀なる者を数名あげるので、その者が日頃どのような稽古をして、いかに武芸を鍛えているかを確かめろというのだ。

それをわかり易く武芸帖に記し、家斉に上書するというのが、こ度の趣旨であった。

つまり、

「剣を見る目が開かれた……」

という、新宮鷹之介にはうってつけの役儀だというわけである。

「委細《いさい》承知仕《つかまつ》りました」

鷹之介は謹んでこれを受けたが、

——それもまた、武芸帖編纂所の役目なのであろうか。

いささか拍子抜けがした。

そんなものは、各番方の組頭《くみがしら》あたりがまとめればよかろう。

「それぞれの支配に任せてもよいのじゃが、それでは、身贔屓《みびいき》があるやもしれぬゆえにのう」

周防守は切れ者である。

一瞬にして鷹之介の心の内を読んだ。

そう言われると納得するしかない。いつしか武芸帖編纂所の役回りも定まってきたようで、それはそれで喜ばしいことであろう。

「畏れ入ります る」

鷹之介は畏まったが、

——かといって、自分が他の番方の武士について、辛辣《しんらつ》な評を記されぬではないか。

と思えた。

下手をすれば、番方の武士達を敵に回すことにもなりかねない。

小姓組番衆という、恵まれた役職から外れて、聞いたこともないような役目となった新宮鷹之介が、ねたみそねみ嫉妬《しっと》から中傷したと捉えられては傍ら痛い。世渡りのために事実は捻じ曲げたくはないが、これといった士が選ばれ、それに聞き取りをするのであるから、よもやおかしな武士もいまい。

そこはまあ、好いところだけを取り上げて、上手くまとめられたらよいと納得をした。

こういうところ、やはりやさしさが表に出る鷹之介であったが、

「して、まずは何方《どなた》から当りましょう」

と問えば、

「うむ。小姓組番衆・増子啓一郎《ますこけいいちろう》から頼みたい」

とのこと。

「畏まってござりまする……」

平然と応えたものの、その名を聞いて、頭を下げる鷹之介の肩は、小さく揺れていた。

三

増子啓一郎。

彼の名が出るのは、至極《しごく》当然のことであったかもしれない。

しかし、この二年の武芸帖編纂所での暮らしが、その名をすっかりと忘れさせていた。

啓一郎は、かつて新宮鷹之介が小姓組番衆として出仕していた頃に、何かというと好敵手として比べられた同僚であった。

増子家は、徳川家の三河《みかわ》以来の譜代《ふだい》であることを誇っていた。

と言っても、三河以来の譜代の臣が、三百俵の小姓組番衆に止まっているのも情けない話であり、同時にそれが代々の引け目ともなっていたようだ。

——啓一郎こそが、御家興隆を果してくれるはずだ。

親は彼に出世の道を託した。

啓一郎は、増子家にあって、久しぶりに現れた俊英であったからだ。

代々、武をもって仕える番方の家であるから、何よりも剣術修行に力を入れたところ剣の筋もよく、若くして免許を得て、周囲の期待をますます高めた。

学問の方も四書五経をそつなく修め、

――啓一郎ならば、やがては奉行の御役を頂戴するのも夢ではない。

小姓組番衆であった父・啓之助《けいのすけ》は、彼の秀才ぶりを少しでも早く世間に知らしめようと、啓一郎が二十二歳の折に隠居を願い出て、家督を譲った。

これには、新宮家の動向が深くかかわっていた。

同じく小姓組番衆として仕えていた新宮孫右衛門《まごえもん》は、将軍・家斉の鷹狩の際、曲者《くせもの》と争闘に及び、これを打ち払った末に討ち死にを遂げた。

その折、嫡男の鷹之介は十三歳にして家督を継ぎ、二十歳で親の跡を継ぎ、小姓組番衆として召し出された。

剣技抜群にして、将軍家の覚えめでたいとの評判を呼んでのことであった。

増子啓之助は焦りを覚えた。

啓一郎は、鷹之介より二歳上で、俊英と謳われたものの、どんな時にでも、

「ゆくゆくは、新宮鷹之介と誉《ほまれ》を競い合うことであろう」

という言葉が付け足されてきたからだ。

啓之助としては、もう少し啓一郎を磨いてから世に出したかったのだが、鷹之介がその間に家斉の寵《ちょう》を得て、啓一郎の先をひた走るかもしれない。そう思うと、いても立ってもいられなくなった。

悲運の士として、番士達の心に残る新宮孫右衛門の忘れ形見が、親以上の器量をもって、小姓組番衆として出仕する。

こうなると、人は鷹之介を何かと贔屓目に見るであろう。

おまけに文武においては、啓一郎に勝るとも劣らない。

新宮鷹之介の独走を許してはならない。啓一郎の優秀ぶりが、かすんでしまうではないか――。

そのように思うあまり、

「真に面目次第もござりませぬが、わたくしはこのところ、何をいたしましても、倅の啓一郎に後れをとるようになり果てましてござりまする。かくなる上は、隠居をいたし、啓一郎にしっかりと勤めさせるのが、忠義と存じまする……」

と、願い出たのだ。

これまでも、ことある毎に啓一郎の優秀さを、巧みに喧伝《けんでん》していた父・啓之助の執念は一定の成果をあげていた。

新宮鷹之介が出仕して、ほどなく増子啓之助の跡を継いだ啓一郎は、

「いよいよ、新宮鷹之介と増子啓一郎から、目が離せぬな」

と、相乗効果によって、注目されたのであった。

以後、五年の間、周囲は二人を好敵手のように見ていたが、早くに父に死なれ、まだ子供というのに元服をすませ家督を継ぎ、二十歳にして小姓組番衆として出仕した鷹之介にとっては、何のことだかわからなかった。

自分が今、どのようにして暮らさねばならぬのか、前も後ろも見る余裕のない身である。

好敵手を意識する間もなかった。

しかし、日々の勤めに慣れてくると、自分に対して怒ったような目を向けてくる同僚の存在に気付くようになった。

宮仕えの身である。

自分が浮かび上がろうとするならば、身近なところで自分より先に身を置かんと

する者を引きずり下ろさねばならぬというのが鉄則なのだ。

鷹之介には、

――己が出世の前に、上様への忠勤を果すのが先ではないか。

という純真なる想いがある。

自分より先へ行きたければ行けばよい。

功を誇りたければ、勝手に誇ればよい。

そう思って暮らしてきたので、別段それを気にも留めずに仕えてきた。

それでも、二年前に御役替えになった時は、

――自分も宮仕えの常として、もっと上役に売り込むべきであったのかもしれない。

さすがにそんな想いに胸を痛めたものである。

ところが、閑職に追いやられたという寂しさや虚しさは、水軒三右衛門、松岡大八という武芸者と日々役儀に励むうち、たちまちどこかへ吹き飛んだ。

とどのつまり、鷹之介は増子啓一郎に対して何も含むものはなかったのだが、人と人との繋がりは、自分が意に介さずとも、黙ってそのままやり過ごせないややこ

しさを秘めている。

鷹之介が京極周防守から、増子啓一郎について武芸帖に記して提出せよと命じられた時に動揺したのは、周囲の者がそれをおもしろがったり、腹を立てたりするのではないかという、胸騒ぎがしたからであった。

そんな想いになったのは、鷹之介が人生において色々な悲哀を経験してきたからであったが、その不安は的中した。

老臣・高宮松之丞が思った以上に色めきたったのである。

四

「殿、周防守様は何と仰せにござりまする」

京極邸を辞し、一旦屋敷に戻ると、高宮松之丞は期待の眼差しで問うてきた。

老臣は、鷹之介が武芸帖編纂所頭取という役儀を今では誇りに思っていて、その仕事にやり甲斐を覚えていると察していた。

それゆえ、主君の気持ちを思うと、就任二年での役替えは望んでいなかった。

しかし、鷹之介は何度となく将軍家からの密命をこなし、編纂所設立の意義を見出してきた。

これに対する評価が下されてもよいではないかと期待を抱いていた。

今は月十両の手当を経費として下されているが、それが増額されたり、頭取職に役高が設けられたり、新たに幕府から同心が配されるなど、僅かなことが励みになる。

たとえ少しずつでも、役所の規模が大きくなれば、世間からも新宮鷹之介の地位が認められるはずだ。

新宮家の家来達も一体となって、編纂所を守《も》り立ててきたつもりだが、未だに世間からその存在を認知されていないのが、松之丞にとっては大きな不満であったのだ。

鷹之介は逡巡《しゅんじゅん》したが、どうせ知れることであるから、ありのままを伝えた。

すると松之丞はいたく憤慨した。

「何と……、番方の手練《てだ》れを殿がお確かめに……。そのようなことは、それぞれの組の御支配がなさればよろしいではございませぬか」

「爺《じ》ィの言うのはもっともだが、それでは身贔屓が生まれるかもしれぬゆえ、お鉢が回ってきたというわけだ。それもまた名誉なことではないか」

鷹之介は理を説いて宥《なだ》めたが、

「上様もお人が悪うござりまする。小姓組番衆の武芸の出来など、御自らお確かめになればよいものを……」

と、怒りを顕《あら》わにした。

「これ、口が過ぎようぞ」

さすがに鷹之介も窘《たしな》めたが、

「何よりも、増子様の武芸の品定めをせよなどとは、真にもって腹立たしゅうござりまする」

松之丞は、やはりそこが引っかかるらしい。

「いや、啓一郎殿が、今はどのような腕前となったか、それを見るのは楽しみではないか」

「殿はお人がよい……」

松之丞は、どこまでもおもしろくないようだ。

「して、何をなされるのです？」

「うむ。まずは啓一郎殿が非番の折、どのような稽古をされているか、観に参ることにした」

「稽古場へ、殿がお出向きになるので？」

「行かねば話になるまい」

「編纂所の武芸場に来ていただけば、ようござりましょう。水軒先生、松岡先生と立合うているところを観れば、すぐに腕前などおわかりになりましょう」

「それでは、啓一郎殿の日頃の鍛練の様子が摑めぬではないか」

「それはそうかもしれませぬが、何やら面倒な話でございます」

「これ、役儀を面倒と言うものがあるか」

「士学館であれば、よろしゅうございましたものを……」

鷹之介は苦笑した。

松之丞が何を言わんとしているのかが、わかるからだ。

かつて増子啓一郎は、鷹之介と同じ鏡心明智流士学館道場に通っていた。

ところが、やがて二歳下の新宮鷹之介が入門すると、南八丁堀《みなみはっちょうぼり》あさり河岸にある士学館が、通っている学問所から遠いとの理由で、道場を移ってしまったのだ。弟弟子にあたる鷹之介は、入門するやたちまち頭角を現し、師であった桃井春《もものいしゅん》蔵直一《ぞうなおかず》を唸らせた。

増子家はそれが気に入らなかったのであろう。

何かの折に、鷹之介と立合い、後れをとれば、倅の評判に傷がつくと彼の父・啓之助が考えたのに違いなかった。

松之丞としてみれば、何かというと対抗心をむき出しにしてくる増子父子がいなくなってくれてせいせいしたというところだが、その後啓一郎が、小川町《おがわまち》の神道無《しんとうむ》念流撃剣館《ねんりゅうげきけんかん》に入門したと聞き、

「まったく、することが皆、頭にきます」

と、怒っていたのを思い出す。

岡田十松吉利《おかだじゅうまつよしとし》が師範を務める撃剣館と士学館は、弟子同士の衝突があり、以前から確執があった。

よりによって撃剣館に行くのか——。

それに立腹する者もいたが、増子啓一郎の実力を認める者は、

「撃剣館くらいの道場でないと、稽古の仕甲斐もないのであろうよ」

と、啓一郎に理解を示した。

しかしそれも、松之丞の目から見ると、

「この後、間違っても、鷹之介は撃剣館に入門することはあるまい」

増子父子がそのように読んだからに他ならない。

啓一郎は、父・啓之助のあらゆる根回しで、そのあたりの軋轢《あつれき》も乗り越えて、以後、撃剣館でそれなりの術を修めたのであろう。

そんなことは、鷹之介にはまったくどうでもよいし、誰がどんな思惑を抱いて道場を移ろうが、自分は自分の剣を修めるだけであった。

しかし、十三歳で父を亡くした鷹之介が、後ろ盾のないまま文武を修めるにあたって、松之丞はあれこれ苦労をしたのであろう。

増子啓之助が、営中において息子の評判を高めている間、

「殿、何があってもくじけてはなりませぬぞ。今をしっかりとお過ごしになれば、きっと道を拓《ひら》かれましょう」

そのように鷹之介を励まし、若殿の成長を待って、新宮家の中興を成さんと、松

之丞が奮闘したのは確かであった。

鷹之介の知らぬところで、増子家があれこれと小さな横槍を入れ、啓一郎よりも目立せないような小細工を弄《ろう》してきたこともあったのかもしれない。

「爺ィ、あれこれ申すな。士学館の桃井先生は、お亡くなりになった。鷹之介が役儀によって撃剣館を訪ねたとて、天の上からお怒りにもなるまい。啓一郎殿とはもう二年の間会《お》うてはおらぬが、御支配から番方の遣い手の一人に選ばれたのだ。あれこれと研鑽《けんさん》を積まれた上でのことであろう。そのように身構えたのでは、かえってこちらの恥となる。この鷹之介は、爺ィのお蔭で増子啓一郎を相手にせずともこうして今まで勤められた。撃剣館には御支配の方から繋《つな》ぎをとってくださるとのことだ。そのように、怒っていては体に障るぞ」

鷹之介は、そう言って高宮松之丞を宥めたのであった。

松之丞は、その言葉には何も返せなかった。

そうであった。

新宮鷹之介は、昔から増子啓一郎など相手にしていなかったのだ。

父・啓之助は、昨年亡くなったと聞く。

啓一郎も、多分に父親に踊らされていたきらいがある。

公儀からの命で、自分の武芸についての聞き取りをする鷹之介には、それなりの礼をもって接するであろう。

松之丞はつい、苦節を思い出し、むきになってしまった自分を恥じた。

鷹之介は、その頃の自分の苦労をわかってくれている。

爺ィのお蔭で増子啓一郎など相手にせずとも勤められた、と言ってくれた。

この度の聞き取りは、鷹之介の役儀のひとつに過ぎない。

しかも、将軍家直々の命なのだ。

「殿、昔を思うとつい恨みがましゅうなりました、お許しくださりませ」

松之丞は素直に頭を下げたが、なかなか胸の昂《たか》まりを抑えられないでいた。

五

撃剣館は神道無念流の総本山として名高き道場である。

神道無念流は、下野《しもつけ》国都賀《つが》郡の住人・福井兵右衛門嘉平《ふくいへいえもんよしひら》によって開かれた。

信州戸隠《しんしゅうとがくし》の飯綱権現《いづなごんげん》に参籠《さんろう》し、奥儀《おうぎ》を悟ったというが、流儀が大いに知られるようになったのは、彼の高弟・戸賀崎熊太郎《とがさきくまたろう》以後である。

天明《てんめい》三年に、大橋富吉《おおはしとみきち》なる者が、牛込肴町《うしごめさかなまち》の行元寺《ぎょうがんじ》前において、親の仇である二宮丈右衛門《にのみやたけえもん》を討った。

その時、富吉の助太刀をしたのが熊太郎で、彼の高弟・岡田十松吉利もこれに従った。

見事本懐《ほんかい》を遂げた大橋富吉の仇討ちは評判を呼び、神道無念流・戸賀崎熊太郎の剣名は大いにあがったので、入門者が詰めかけるようになったのだ。

やがて、熊太郎は十松を独立させ、十松は新たな道場を開いた。これが撃剣館である。

寛政《かんせい》七年に、熊太郎は故郷の武州《ぶしゅう》清久《きよく》に帰るに際し、門人のすべてを十松に託したので、撃剣館には三千人を超える剣士が集ったのである。

「思えば不思議なものだ……」

鷹之介は、公儀武芸帖編纂所頭取でありながら、これだけの名門道場に足を運んだことはなかった。

訪ねるに先立って、水軒三右衛門と、松岡大八に稽古をつけてもらった後、彼はそこに思い至り、ふっと笑った。

「まずこの編纂所は、滅びそうになっている武芸について、調べるところでござるによって……」

「だからといって、確かに頭取が申される通り、撃剣館に入ったことがないというのもおかしな話だな」

三右衛門と大八もまた、撃剣館を知らず苦笑したが、神道無念流を遣う者と何度も立合うたことはあるゆえ、わざわざ道場へ出向く必要もなかろうと言い合った。

編纂所は武芸帖を取りまとめていればよい。道場訪問の任などない。

「某《それがし》も覗いてみたい想いはござれど、こ度は控えておきましょう」

と、三右衛門が言うと、

「それがよろしかろう」

大八も大きく頷いた。

編纂方として付いていきたいが、いけば心の中に、

「撃剣館における神道無念流の術は、いかなるものか」

という好奇が湧いてきて、三右衛門がつい余計なことを口走り、

「これは武芸帖編纂所付の先生でござるか、一手御指南を願いまする」

と、門人をその気にさせかねない。

こうなると大八もまた好奇から、この立合に加わり、そこからは〝道場破り〟が始まってしまうに違いない。

それでは鷹之介の役儀の妨げになるというのだ——。

まだ行く前から、そこまで先読みをして断念する二人が、鷹之介にはおかしかった。

生涯一武芸者でありたい二人は、幕府からの禄を受けず、編纂所からの月三両の手当で暮らす道を選んだ。

二人の頭の中には、名門道場で名を成し、それを飾りとして、立身を遂げるという人生の筋書きはない。

そういう二人と日々過ごすと、武芸に生きる者に、この上もない潔さを覚える。

とはいえ、ひとつの役所として多方面で機能するには、そこに昔ながらの古武士然とした役人は必要ない。

武芸の神髄を求めつつ、役人として御役をつつがなく勤める。

「鷹よ、お前にそれができるかのう」

と、将軍・家斉は、自分に問いかけているのではないだろうか。

鷹之介は、この度の主命をそのように捉えることにした。

ゆえに、老臣・高宮松之丞は不満であっても、ただ有名な剣士の引き立て役に回らんと心に決めたのだ。

今や隆盛を極める撃剣館に、三右衛門と大八を伴って乗り込めば、何かが起こりそうでおもしろいが、役人としての務めに、そんな楽しみは無用であった。

鷹之介は、京極周防守から指令を受けた五日後に、小川町の撃剣館に増子啓一郎を訪ねた。

日取りや、撃剣館との交渉は、支配・京極周防守からの指図ですべて小姓組番頭の方で動き、編纂所にもたらされた。

それゆえ、面倒な手続きが省かれて、鷹之介は面目《めんもく》を施した。

訪ねるにあたっては、若党《わかとう》の原口鉄太郎《はらぐちてつたろう》だけを供にすればよいと思ったが、

「それでは恰好がつきませぬ」

と、高宮松之丞がそうさせてはくれなかった。

自らが付き従い、原口鉄太郎に加えて、中間《ちゅうげん》の平助《へいすけ》と覚内《かくない》に武具など持たせて、颯爽《さっそう》と出かけたのであった。

さすがに増子啓一郎に対する反発は口に出さなかったが、松之丞の心の内には、何かというと鷹之介を意識して、出し抜こうとした増子父子への敵愾心《てきがいしん》が消えておらず、

「頭取としての体裁は、きっちりと整えねばなりませぬぞ」

と言って聞かなかったのだ。

新宮家総出となれば、屋敷には老女の槇《まき》と女中のお梅《うめ》が残るだけとなるので、わざわざ口入屋《くちいれや》に頼んで渡り奉公の中間を雇い入れる気合の入れようであった。

撃剣館に着くと、師範代が恭《うやうや》しく出迎えてくれた。

小姓組番頭からの通達が効いたようだ。

小姓組は増子啓一郎が所属し、鷹之介の古巣であるだけに、行き届いた配慮がされていたらしい。

師範代も、鷹之介がきっちりとした供揃えでやって来た上に、その凜々《りり》しさを前

にして、

——これは粗相《そそう》があってはならぬ。

と思ったようだ。

松之丞の面目躍如《やくじょ》たるところであるが、

「生憎《あいにく》、岡田先生は本日、所用があっておこしになりませぬが、何卒《なにとぞ》よしなにとのことにござりまする」

師範代は、申し訳なさそうに言った。所用となっているが、岡田十松は体調が思わしくなく静養しているようだ。

この数日後、岡田十松吉利は卒中《そっちゅう》で倒れ、帰らぬ人となるのだが、この時すでに予兆があったのかもしれない。

「これは痛み入り申す」

鷹之介は悠然と応えてから、

「評判は聞き及んでおりますぞ」

と、師範代を称《たた》え、彼を大いに恐縮させた。

この師範代はまだ二十歳過ぎの若者だが、名は斎藤弥九郎《さいとうやくろう》といい、その剣技は傑出していると噂に高かった。

かつての鷹之介であれば、せっかくの訪問であるから、

「何卒、稽古をつけていただきとうござる」

と、弥九郎に申し込んでいたであろう。

だがそれも、心のうちに呑み込んで、

「一度、赤坂丹後坂の方にも、お立ち寄りくだされ」

と、言うに止めた。

鷹之介は上使であるゆえ、見所《けんぞ》に通され、その隅に松之丞が控えた。鉄太郎は平助、覚内を従え、稽古場の庭先の床几《しょうぎ》で稽古場の様子を窺《うかが》いつつ、主の出を待った。

その辺りの斎藤弥九郎の配慮も行き届いたものであった。

「どうぞ、某《それがし》にはお構いなきように」

増子啓一郎の登場を待つ間、稽古を続けてもらいたいと鷹之介は告げた。

「畏れ入りまする……」

弥九郎は、一礼をすると稽古を始めた。

やがて、大勢の剣士達が一斉に竹刀を打ち響かせた。

こういう稽古場の風景に触れるのは、随分と久しぶりのような気がする。

武芸帖編纂所に勤めてからは、自分の稽古はもっぱら編纂所内の武芸場で、水軒三右衛門、松岡大八と立合うのが主となった。

日頃は、滅びゆく武芸を調べ、武芸帖に記す暮らしを送っているゆえ、個別の立合が中心となるからだ。

剣の恩師・桃井春蔵直一は昨年身罷《みまか》り、士学館に顔を出すことも、近頃ではほとんどなくなっていた。

しかし、このような名門の道場で稽古をしつつ、宮仕えをするのが、役付きの旗本の当り前の暮らしだと、つい二年前までは思っていた。

身の変遷に鷹之介は改めて、驚いていた。

ここの師範代を務める斎藤弥九郎は、越中《えっちゅう》の郷士《ごうし》の出で、江戸で商家に奉公をした後、武家奉公人となり、剣術の才を開花させて今に至るそうな。

彼は、剣客としての暮らしを得て、日々剣術道場で修行を続けている。

剣に生きる者にとっては何よりであるが、鷹之介は宮仕えをしつつ、弥九郎以上に武芸に浸《ひた》っていられる。

そして、その日常に喜びを覚え始めている自分は、武芸に生きるべき運命《さだめ》であったのだろうか。

若く勢いの好い剣士達の躍動を見ていると、十三歳で父と死別し、一日も早く強い武士になりたい、ただそれだけの想いで道場に通った頃が思い出されて、鷹之介はあらゆる感慨に見舞われた。

だが、約束の刻限になっても、増子啓一郎は姿を現さなかった。

道場の稽古を観ていると退屈はしなかったが、半刻《はんとき》（約一時間）近くも待たされては、次第に落ち着かぬようになる。

端に控える高宮松之丞が苛々《いらいら》としている様子が手に取るようにわかる。

「おう、もう参られたか」

やがて、半刻が過ぎた頃、悪びれぬ様子で、増子啓一郎が稽古場にやって来て、鷹之介の隣にどっかと座った。

〝もう参られたか〟とはよく言ったものだ。

こちらは刻限通りに来ただけだと思いつつ、

「御多忙の由《よし》。お待たせしてもいかぬと思いましてな」

鷹之介は穏やかに言葉を返した。

「いや、これは忝《かたじけな》し。その、多忙でござってな。なかなか用が終らず難儀《なんぎ》をいたした」

啓一郎は大仰に首を竦《すく》めてみせた。

鷹之介は、それに軽く会釈したが、心の中で苦笑いをしていた。

何ごとにも立居振舞《たちいふるまい》が大仰《おおぎよう》で、どこか芝居がかっているのが啓一郎の特徴であった。それが、この二年で、まったく変わっていなかったのだ。

「さて、聞き取りとやらを、さっさと片付けてしまおうではござらぬか、新宮殿もさぞかし御多忙と存ずるゆえ」

啓一郎はにこやかに言ったが、慇懃無礼《いんぎんぶれい》な様子もあの頃のままだ。

多忙を理由にしたとて、鷹之介にはわかっている。

久しぶりの好敵手との対面に、まず優位に立たんとしてひとつ間を空けたのであろう。

自分に会うのに対等とは思うな。お前がおれを待つのが当然なのだ――。

遅れてくることで、暗にそれを伝えたのだ。

そういう、どうでもいい駆け引きをしてくる奴は、どこにでもいるものだ。

鷹之介は、小姓組番衆として仕えていた折に世間を見て悟っていた。

啓一郎は、まず鷹之介の反応を見ようとしていたのだ。

鷹之介としては、

「御多忙とあれば、強《し》いて聞き取りなどできませぬ。本日のところは取り止めとして、御支配にその由を申し伝えておきましょう」

と言ってやればよい。

本日の仕儀《しぎ》は、そもそも将軍家からの命なのだ。それに遅参《ちさん》して、多忙であるとは何ごとであろうかと、啓一郎に強い叱責《しっせき》が下るであろう。

だが、啓一郎はそれを承知で、吹っかけてきているはずだ。

鷹之介が気色《けしき》ばめば、

「いや、戯《ざ》れごとでござるよ」

などとうそぶき、上役への言い訳には、

「鷹殿とは旧知の仲でござりまするゆえに」

とでも言って、笑い話にでもするつもりであろう。

そんなことにいちいち腹を立てていては、頭取の名がすたる。

「左様でござるな。早く片付けてしまいましょう」

鷹之介は、拳を握りしめて怒りを堪《こら》えている高宮松之丞を尻目に、にこやかに頷《うなず》いてみせたのであった。

六

鷹之介は、増子啓一郎の聞き書きに関しては、本人のやる気次第だと考えていた。

とりあえず、啓一郎は今現在、小姓組において武芸優秀を謳われているらしい。

——自分が今でも番衆を務めていれば、どうであったか。

という想いは頭の隅にある。

そして、その想いは啓一郎にもあるはずだ。

彼は鷹之介が、小姓組から役替えになって、大いに喜んだであろう。

出世の道が望まれる小姓組において、最大の好敵手であったのが新宮鷹之介であった。

実際に、鷹之介がいなくなった小姓組で、啓一郎の存在は、ますます大きくなった。

高宮松之丞は忌み嫌うが、啓一郎は父親からの期待を背負い過ぎて、新宮鷹之介を何とかして蹴落そうとしてきたとはいえ、優秀な武士であることは確かである。

将軍・家斉が、この二人の微妙な関わりをどこまでわかっているかは知れない。

側近くに仕えているとはいえ、小姓組の番衆にまで気がいくとも思えない。あるいは啓一郎が鷹之介を敵視していたことなどまったく気にも留めていないとも考えられる。

それでも、目の前からいなくなったと思われた新宮鷹之介が、自分の武芸について聞き取りをすると聞かされると、何やら不気味なのであろう。

武芸帖編纂所頭取という役儀がどんなものか、啓一郎はまるでわかっていなかった。

将軍・家斉が思いつきで新設した役所に違いない。与力、同心が配されず、その辺りの剣客が臨時雇いで編纂方を務めているというのだから大したものではあるまい。

清廉潔白にして爽やかさが評判だけでは、少々腕が立っても、役人としては使い途《みち》がない。

まずそんなところで、鷹之介がその任に就かされた。

目の前の出世しか眼中にない啓一郎は、最早そこから外れた新宮鷹之介になど見向きもしなかったから、突然かつての好敵手が自分の前に現れるのは煩《わずらわ》しい。

小姓組の中で武芸優秀であると認められたのは嬉しいが、それを鷹之介にあれこれと値踏みされるのは傍ら痛い。

とにかく、さっさとすませてしまうに限る――。

啓一郎がそのように考えるのは目に見えていた。

もしかすると、この二年で啓一郎も、彼なりに武芸に開眼していて、わだかまりなく鷹之介に、

「まず某の稽古の様子を観て、存念を聞かせてもらいたい」

などと言って、熱い想いを語るかもしれないと期待もしたが、

――どうやら形だけを取り繕い、終らせてしまうつもりらしい。

と、鷹之介は見極めた。

啓一郎がそういう了見なら、自分も淡々と聞き取りを進め、得た情報をまとめればよいだけである。

もしや立合を所望されるかもしれぬと、武具まで用意してきたが、

「立合などをして、もし打ち負かされるようなことになれば、面目にかかわる」

啓一郎は、相変わらずそういうものの考え方でいるらしい。

――ふふふ、是非もない。

鷹之介は、心の内で小さく笑った。

小姓組にいた頃から、出世のための駆け引きなど望まなかったが、出世への願望はあった。

しかし、小姓組を出て日々武芸者に触れて暮らすと、このような啓一郎の態度は、滑稽でしかなかった。

「しからば、増子殿は武芸の鍛練は、お勤めの合間を見て、当道場にて稽古に励まれているのでござるな」

鷹之介は武芸帖を取り出し、自らの手で認《したた》め始めた。

「左様。暇を見つけては、これへ参って、まず素振りと、足捌《さば》きを入念に稽古いたす」

「なるほど、何よりと存ずる」

「素振りと足捌きなど、わざわざこれにて披露するほどのものではござるまい」

「いかにも、無用にござる。それが済んで後は、型稽古でござりまするかな」

「左様。型は入念に致さねばなりますまい」

「稽古の様子を拝見仕りとうござる」

「新宮殿ほどの遣い手に披露いたすのは、僭越《せんえつ》でござるが、御所望とあらば是非もござらぬな」

「忝し」

鷹之介はやや強い口調で言った。

型と立合を見ずに聞き取りを終るわけにはいかない。それは承知のはずだ。さっさと片付けようと言うなら、もったいをつけずすぐにやって見せろという意思を示したのであった。

「心得た」

啓一郎は、鷹之介を呑んでかかろうとしていたが、相手が少し強く出ると、その場はすぐに引くのも以前のままのようだ。

それから木太刀を手に稽古場に出て、入念にいたさねばならぬという型稽古を、じっくりと始めてみせた。

相手は、師範代の斎藤弥九郎である。

弥九郎は、啓一郎の弟弟子にあたるが、彼はこのところの師・岡田十松の体調不良によって、代稽古を務めているらしい。

啓一郎も師範代格であるから、弥九郎に対しては遠慮がなかった。

旗本にして、将軍家の側近く仕える身分をもって、まだ年若の弥九郎を手なずけているらしい。

岡田十松の具合が悪いとなれば、その子・熊五郎利貞《くまごろうとしさだ》が、道場での代稽古を務めるべきなのだが、父の出稽古先での代稽古を務めねばならず、この日も外出していた。

啓一郎は、恐らくその間隙《かんげき》を衝《つ》いて、鷹之介を撃剣館に呼んだと見える。

まず与《くみ》し易い弥九郎を相手に型稽古を披露する。

型稽古や組太刀というものは、剣術の基礎であり、決して疎《おろそ》かにしてはならないのだが、これは立合と違って、互いに自由に打ち合うわけではない。

打方《うちかた》、仕方《しかた》に分かれて、決められた技の数々を演武するので、勝ち負けのある稽古とは違う。

となれば、見た目の美しさ、技の確かさが求められるので、相手が練達《れんたつ》の士である方が充実するのは当然である。

「やあッ!」

「とうッ!」

と、啓一郎は弥九郎相手に型稽古を始めたが、弥九郎の技のひとつひとつが見事な太刀筋ゆえに、自ずと啓一郎の技の切れ味が増す。

入念に型の稽古をすると言っていたが、弥九郎との演武をたっぷりと見せておけば、鷹之介もけちの付けようがないだろうとの思惑が見え隠れする。

実際、啓一郎も型稽古の鍛練に励んでいた跡が窺える。

神道無念流は、人に知られた流派であるゆえ、わざわざ武芸帖編纂所で取り上げるまでもないとしてきたが、

——なるほど、改めて見ると、さすがは入門者が後を絶たないだけのことはある。

鷹之介は素直に感じ入り、聞き書き用の武芸帖に、増子啓一郎の型稽古の妙味を記し、

「真によいものを拝見仕った」

と、彼の稽古の充実ぶりを評価したものだが、啓一郎はそのまま斎藤弥九郎と、防具を着けての立合はせずに、次々と若手の弟子達にかかってこさせ、それを受ける形で稽古を続けた。

——なるほど、どこまでも体裁を取り繕うのだな。

型稽古に引っ張り出すのはよいが、立合となれば弥九郎に後れをとるかもしれぬと、自覚しているようだ。

鷹之介は、やれやれという想いであったが、どこまでも立身出世を望むなら、これくらい徹底して自分の弱みを見せぬようにせねばならぬのであろう。

そういう意味から考えると、増子啓一郎は武士として立派なのかもしれない。

「それ、それッ!」

啓一郎は、かかってくる若い剣士を、次々に打ち負かしていった。

撃剣館の門人であるから、皆それなりの腕前であったが、啓一郎はまるで寄せつけなかった。

——斎藤弥九郎相手に立合うたとてよかったものを。

その方が、より激しい立合となり、観ている鷹之介の胸を打ったはずだが、妙に体裁を取り繕おうとするから、かえって弱いのではないかと思ってしまう。

——真におかしな男よ。

鷹之介は呆れながらも、啓一郎の剣に見入っていた。

かつて自分の好敵手と言われていた相手が、見かけ倒しであったと思いたくはない。

五人を相手に立合を終えたところで、

「これくらいでようござるかな」

面鉄《がね》の内から鷹之介に声をかけた啓一郎は、なかなかに凜々しかった。

やはり竹刀をとって打ち合えば、それなりに気合が充実するらしい。

「十分でござる」

鷹之介も思わず威儀を正していた。

「見事な腕前に、感服仕った。一手御指南をいただきたい想いにござるが、本日は聞き取りに参った次第にて、またいつの日か……」

「うむ、左様でござるな。また、いつの日か……」

啓一郎は、この日初めて、屈託《くつたく》のない笑みを返したのである。

七

それから、新宮鷹之介は、増子啓一郎の日頃からの武芸への心得、こだわりなどを聞いて武芸帖に、この日の稽古内容と共に記して仕事を終えた。

型稽古での美しい太刀筋。立合での小手《こて》技の妙、連続技の冴えなどを、さらにそこへ書き添えて、啓一郎が不安がらぬようにと、それを見せてやった。

「いや、それは新宮殿にお任せいたすゆえ、お気遣いは無用にござる」

啓一郎はそう言ったが、明らかに武芸帖に記された内容が気になっている様子で、鷹之介に勧められて一読すると、

「ほう、これは真に的を射た記されようにござるな。かく評していただき、安堵を

いたしましてござる」

と、顔を赤らめた。

その上で、彼もまた威儀を正し、

「本日は、道場にまでお越しくださり、真に忝し。また、御用繁多とは申せ、お待たせをいたし、申し訳のう思うておりまする」

しかつめらしい表情で挨拶をした。

相手にはったりをかましてみたり、少しばかりへりくだってみたり、いささか鷹之介も疲れてきたが、啓一郎なりの気遣いは窺える。

「せっかくでござる。茶でも飲んでご休息くださりませ」

そして、鷹之介を別室に招き、茶菓子などを供の者に用意させて、もてなした。

この辺りの段取りに抜かりはない。

息子の立身出世を願い続け、昨年亡くなった父・啓之助によって教え込まれた処世術というところか。

意外であったのは、鷹之介主従に茶菓子を出しておいて、自分はさっさと帰ってしまうのかと思ったが、彼は鷹之介の前に自ら出て、本日の労をねぎらったことだ。

「鷹殿も苦労をなされたのであろうのう」

そして〝鷹殿〟ときた。

確かに鷹之介は苦労をしてきた。

武芸者というものは、気難しかったり、荒々しかったり、扱いに困ることが多い。

だが、そういう武士と接するうちに、人というものが少しはわかってきた。

そんな鷹之介の目から見ると、啓一郎は鷹之介を、

――与《くみ》し易し。

と見たのであろう。

二人が顔を合わせるのは二年ぶりだが、啓一郎は鷹之介が小姓組にいた頃は、ひたすらに新宮鷹之介への対抗意識を前面に出し、追い落さんとしていた。

その効果が現れたかどうかはわからないが、鷹之介は小姓組からの既定路線である、要職への昇進は果せず、よくわからぬ武芸帖編纂所という役所に転任となった。

彼はそれにほっとしたが、鷹之介は自分を恨んでいるのではないかと、内心で恐れを抱いていたのであろう。

そんな折に、今日の仕儀となった。

身構えていると、鷹之介は実に淡々としていて、穏やかに接してきて、素早く仕事をこなした。

新宮鷹之介といえば、正義感に溢《あふ》れ、いささか直情径行な若者であった感があるが、今日の態度を見ると、実に柔軟にことを進め、かつ増子啓一郎に不利になるような記述は武芸帖に残さず、

「見事な腕前に、感服仕った」

とまで称《たた》えてくれた。

彼はこれを、

――新宮鷹之介も、閑職に就かされて、世渡りを覚えたのに違いない。

と、解釈したのである。

互いに世渡りとなるのなら、いつどこでまた縁が絡むかもしれない。

それならば何かの折に鷹之介が頭取を務める武芸帖編纂所を利用出来るかもしれない。

その時は自分も何かしらの便宜《べんぎ》をはかってやればよいのである。

但し、どんな場合においても、鷹之介が自分の前にいてはならない。

彼はそういう頭を働かせながら、稽古後に鷹之介をもてなしたのであった。

鷹之介は、それもまた啓一郎の自分への好意なのであろうと考えて、話に付合った。

思惑とは違えど、今は武芸帖編纂所の頭取なのである。

啓一郎は自分を一段下に見ているのかもしれないが、鷹之介もまた、一役所の長として、啓一郎を一段下に見ながら話を聞いたので、彼の思い上がった物言いにも腹が立たなかった。

「鷹殿は、今の御役を拝命した時は、さぞや辛かったであろうのう」

啓一郎はしみじみとして言ったものだ。

その時のことを思えば確かに辛かったが、辛いと言えば将軍家に不服を言い立てていることになる。

「辛うござった……」

という言葉を引き出して、仲間意識を持たせようと考えているのかもしれないが、そんな手に乗るものかと、

「何ごとも主命でござれば、まずこれを勤めあげねばならぬと、ただ夢中にござっ

た。さりながら、そもそも武芸好きの某にとってはこれがなかなか性《しよう》に合うておりまして、今日もこうして撃剣館の稽古を拝見仕り、ありがたく存じております」

堂々と応えたが、

「他人《ひと》の武芸について記さねばならぬとは、御心中お察し申す」

啓一郎は、どこまでも鷹之介を悲劇の士にしたいらしい。

――おかしな噂を立てられても困るゆえ、そろそろ帰るとするか。

先ほどの斎藤弥九郎相手の型の演武、五人を相手にした立合を観て、啓一郎への見方を変えんとしたが、やはりこの男といると調子がおかしくなってくる。

誰もが自分と同じように、当り前の出世を望んでいるものだと、啓一郎は思い込んでいる。

武芸帖編纂所が、どれほど意義のある役所であるか。役儀はどのようなもので、どこに勤め甲斐を見出しているのか――。

少しはそんな興味を傾けるのかと思ったが、まったく知ろうともせず、鷹之介を脱落者と捉え、自分はそこに手を差し伸べる英傑を気取っているのだ。

廊下には高宮松之丞が控えていて、二人の話を聞いている。

鷹之介が命より大事な老臣は、先ほどから頭に血が上って、今にも引きつけを起こすのではないかというくらい、憤慨しているであろう。

　爺ィの体のためにも引き上げるに限る。

「いや、御多忙の折、かくおもてなしいただき、恐縮でござった。某は役所に戻り、武芸帖を清書することといたしましょう」

　鷹之介は、恭しく暇《いとま》を告げた。

　啓一郎は相変わらずのしたり顔で、

「左様か。それならば聞き書きの方は何卒よしなに」

　と、よい報告書であるようにとひとつ釘をさしつつ、

「何か困ったことがあれば、相談に乗るゆえ申されよ」

　やや尊大な物言いをした。

　そして声を潜めると、

「これは、おぬしゆえに話すのだが、某は近々、徒頭に任じられることになってのう」

　低い声で告げた。

「ほう。それは祝着《しゅうちゃく》に存ずる。日頃の精進が実を結びましたな……」

鷹之介は素直にそれを称えた。

かつては鷹之介も徒頭への出世を夢見たものだ。

小姓組番衆から徒頭というのは、出世の王道であり、役高は千石《ごく》の大役であった。

どこまでが本当かは知らないが、既に内示が下っているのかもしれなかった。

それをそっと打ち明けるとは、何を考えているか知らぬが、随分と早計である。

だがそうすることで、鷹之介に親しみを見せつつ、

「どうだ凄いだろう。もうおぬしとおれとは身分が違うのだ。おれの軍門に降《くだ》れば、この先引き廻してやるぞ。徒頭など、ほんの手始めであるゆえにな……」

一方では、引導を渡しているつもりなのに違いない。

――それならば気持ちよくさせておいてやろう。

鷹之介は、畏れ入ったという風情を見せ、そそくさと撃剣館から立ち去ったのである。

八

一通り役目を終えて、鷹之介は屋敷へと戻った。

まず隣接している武芸帖編纂所に戻り、自らの手でこの日の聞き書きを清書した。

水軒三右衛門と松岡大八は、気になっていただけに、

「撃剣館はいかがでござった？」

「つつがのう、聞き書きは進みましたか？」

口々に訊ねたものだが、

「まず、退屈な務めでござったよ」

鷹之介がぽつりと素っけなく応えるのを見て、それからは何も問わなかった。

書役を務める中田郡兵衛も、手伝いようがなく、女中のお光と共に慌しく武芸帖を作成する鷹之介を見守るばかりであった。

誰の目にも、この日の出張が、鷹之介にとって面倒なものであったと映ったが、編纂所の面々はここへ来てから、若き頭取とは濃密な日々を共に過ごした。

このような時は、そっとしておくに限ると、悟っているのだ。

鷹之介は、そういう四人の態度がありがたかった。

――これほど居心地のよい役所は、どこにもあるまい。

そういう役所を形成してきたのは、頭取である鷹之介の力であったが、

――自分は真に恵まれている。

と、負け惜しみではなく、そのように思われて、改めて武芸帖編纂所を自分に任せてくれた、将軍・家斉に感謝の念を抱いたのであった。

そう考えると、鷹之介は今日、増子啓一郎に会って、彼の中に潜む人間の業《ごう》を嫌というほど見せられたことが、夢のように思われてきて、

――さぞかし、あの男も疲れるであろう。

と、おかしさが込みあげてきた。

自分に対して対抗心を剝《む》き出しにしてきた啓一郎であるが、彼との思い出を辿《たど》ると、憎めぬものが、こぼれ出てきた。

不快な心地は、今の幸せに淘汰《とうた》され、彼の表情はたちまち明るいものに変わっていって、編纂所の四人を大いに安堵させたのである。

それでも、屋敷へ戻ると鷹之介の気持ちは重たくなった。

——爺ィの胸の内は張り裂けんばかりであっただろう。

それが何とも哀しかったのだ。

「お疲れでござりましょう。すぐに夕餉《ゆうげ》のお仕度を……」

気がつけば日が暮れていた。

松之丞は恭しく鷹之介を迎えて、奉公人達を差配して、主君の世話をした。

「皆も疲れたであろう。わたしに構わず食べてくれたらよい」

鷹之介は家来達を労《いたわ》って、原口鉄太郎に給仕をさせて、さっさと夕餉をすませたが、やがて松之丞を呼び出し、

「爺ィ、今日は寝酒を嗜《たしな》もう。ちと付合うてくれ」

と、夜更けに盃を傾けた。

帰ってから、松之丞は増子啓一郎の話題には一切触れていなかった。

「まったく、思い上がった御仁でござりまするな。殿、いつかきっと、思い知らせておやりなされませ」

それくらいの憤慨は見せるかと思ったが、撃剣館からの帰りの道中も、彼はただ

押し黙っていた。

鷹之介は、啓一郎が何を言おうと堂々として対していたが、啓一郎が徒頭に昇進すると聞かされると、内心ではいささか動揺した。

彼は松之丞を気遣ったのだ。

鷹之介は武芸帖編纂所に勤め甲斐を覚え、ここで大いに活躍をし、将軍家からの覚えもめでたい。

今さら増子啓一郎と何故会わなければならないのか。

どうせ相手は、番方の遣い手として編纂所からの聞き書きに名を残すのだ。調子に乗っているのに違いない。

それならばこちらも、新宮鷹之介の面目を立てねばなるまい。

そうして、撃剣館には新宮家総出の供揃えで出向いて鷹之介を守り立てんとしたものの、最後のところで啓一郎の徒頭への栄進を報された。

勇んで出陣したところ、見事に返り討ちにされたというところである。

鷹之介が松之丞を気遣うのも無理はない。

だが松之丞もまた、鷹之介を気遣っているのであろう。

今ここで自分が啓一郎について何か言えば、鷹之介の胸を締めつけてしまうのではなかろうか。

「爺ィ、互いに気遣うていてもつまらぬ。申しておくが、おれは啓一郎殿を羨《うらや》んでなどおらぬぞ。毛筋ほどもな」

心地よく酔いが回ると鷹之介は、くだけた口調で言った。

松之丞は一瞬呆気にとられたが、

「左様でございましょうとも。爺ィめは、わかっておりまするぞ」

彼は怒ったような口調で応えた。

「殿は、上様の思し召しで武芸帖編纂所の頭取を務めておいでなのです。増子様が何にお成りになろうと、羨むはずがないではありませぬか」

「うむ。そういうことだ」

「殿こそ、爺ィめが残念がっているとお思いなのでは？」

「そんなことはない。爺ィは、この鷹之介のことをいつも傍で見ているのだ。増子啓一郎と比べているはずがなかろう」

「言うまでもなきことでござる」

「ははは……」

「ふふ……」

これですっかりと、主従の心の内についた一点の染みが消え去った。

そうなると、酒の酔いはますます心地よくなってくる。

「だが爺ィ……」

「はい……」

「あの頃は、徒頭や目付《めつけ》に成ることばかり夢見ていたような気がする」

「それはそうでござりましょう。あの頃は、武芸帖編纂所という御役はなかったのでございますから」

「おかしなものよのう。徒頭がどのような御役なのか、目付となって何として忠勤を果すか。そんなことは何も考えていなかったと申すにのう」

「宮仕えというのはそのようなものにございましょう」

「お勤めの仕甲斐がある御役に就けたのは、真に幸せなことじゃ」

「爺ィもそのように思います」

「だが爺ィ、徒頭ともなれば役高は千石だ。そなたも楽ができるものを……」

「ははは。殿、千石になれば、千石分の苦労が生まれましょう」

「なるほど、それも道理だな。だが爺ィには一万石分の苦労をかけてきたようじゃ。それをなかなか労うてやれぬのが、歯がゆうてならぬ」

松之丞は厳しい目付きとなつて、

「殿、そのようなお言葉は二度とお口になさらぬように願いまする」

きっぱりと言った。

「いや、他意はないのじゃ」

「わかっております！　ただ、そのお言葉は、老いぼれを泣かせますゆえに……」

後は声にならなかった。

厳しい目付きと、恐い顔で、高宮松之丞はひたすらに涙を堪えるのであった。

九

新宮鷹之介は、早速、増子啓一郎に対する聞き取りをまとめた武芸帖を、支配の若年寄・京極周防守へ上書した。

増子啓一郎の名を認めたものが手を離れて、鷹之介はほっとしたものだ。

過去のしがらみから解き放たれたような心地がしたのである。

ところが、その後すぐに周防守から遣いが編纂所にやって来て、

「明日、登城するように」

との命が下った。

何やらよくわからぬのだが、将軍・家斉の御前に出て、自ら聞き書きについて上申せよとのことであった。

──わざわざ御前へ出て申し上げることでもあるまいに。

首を傾げながらも、将軍の御召しとなれば是非もない。

名誉に気持ちも浮き立った。

その上に鷹之介に加えて、編纂方の水軒三右衛門、松岡大八、家士である高宮松之丞が、御庭先の隅にて鷹之介に付き従うことまでも許された。

水軒三右衛門は、かつて家斉の剣術指南役であった柳生但馬守俊則の弟子として付き従い、家斉の御前に出たことがあったが、大八と松之丞は狂喜した。

もちろん、家斉の姿が見えぬところに控えるだけのことであるが、御前に召された主君・鷹之介の姿を窺い見られるだけでも幸せであるし、もしかすると将軍家の肉声を聞けるかもしれない。

生涯の栄誉であり、

「思い残すことはない……」

と、松之丞は感じ入った。

登城であるからこの日もまた、新宮家総出で出かけた。

中田郡兵衛、お光、老女の槇、女中のお梅は、

「よろしゅうございましたな……」

と、松之丞と大八を冷やかすように送り出したのであった。

とはいえ、将軍家の御前に出て、何を申し上げるのであろうか。

鷹之介が上書した武芸帖を一読して、それほどまでに問うべきものがあるとも思えなかったのだ。

喜びと緊張の中、鷹之介は刻限通りに登城した。

爽やかな秋の風が心地よい朝であった。

鷹之介は吹上《ふきあげ》の御庭へ通された。

家斉はここに上覧所を設《しつら》え、庭を紅白の幔幕《まんまく》で仕切り、そこから庭に控える鷹之介を引見した。

三右衛門、大八、松之丞は幔幕の外に控え、その隙間から、鷹之介の姿をそっと窺い見ることが出来た。

武芸帖編纂所頭取の上申であるが、頭取に不測の事態が起これば、編纂方が出て対処するという意味が込められていた。

だが、鷹之介はいったい何を命じられるのであろうか。

その不審が、次第にふくらんできた三人であった。

御庭の様子を見ると、将軍家は鷹之介に演武でもさせるつもりなのか。

聞き書きの武芸帖について上申するのに、このような造作《ぞうさく》はありえない。

かつて三代将軍・徳川家光《いえみつ》の頃に行われたという、寛永《かんえい》御前仕合《じあい》を思わせるような御庭先ではないか。

控える鷹之介の向こうで、将軍出座が知らされ、家斉が現れたのであろう、鷹之介が恭しく畏まった。

将軍の姿は見えぬ三右衛門、大八、松之丞であるが、三人共その場に平伏した。

「鷹よ、面《おもて》を上げよ」

家斉は、上覧所としている小御殿から、いきなり声をかけた。

おっとりとして、やさしい声である。

「ははッ……」

鷹之介が応えると、

「大儀であった。増子啓一郎をこれへ」

家斉はそのように告げた。

既に啓一郎は、幔幕の向こうに控えていたようで、

「ただ今、参上仕りました……」

恭しく出て来て、畏まった。

相変わらず、大仰で芝居がかっている。

――ここへきて、またあの男の顔を見ねばならぬとは。

松之丞は、気分が悪かった。

しかし、当惑したのは鷹之介も同じであった。

――上様は、本人の前で聞き書きについて問うおつもりなのか。

「鷹よ。そなたの書いたものを読んだぞ」

家斉は、二人を交互に見ながら上機嫌で言った。

「ははッ、畏れ入りまする」

「そなたが見たところでは、啓一郎の武芸鍛練は申し分ないとある」

「はい。理に適《かの》うておりまする」

「その腕も相当なものとある」

「認めました通りにござりまする」

「ほう、鷹は人を誉めるのも上手うなったようじゃのう」

「いえ、見たままを記しただけにござりまする」

「ははははは、いかにも鷹の言いそうなことよのう」

家斉は愉快に笑った。

啓一郎は、驚いたような表情を浮かべて、二人のやり取りを見ていた。

見たままを記しただけだという、鷹之介の飾らぬ物言いが、啓一郎には信じられなかったのである。

そして、それを聞いた家斉の、何と楽しそうなことか。

自分は小姓組の中での出世競争に勝利していると思っていたが、鷹之介がこれほどまでに上様の心を捉えているとは思わなかった。

家斉は、少しばかり悪戯《いたずら》な表情を鷹之介に向けて、

「ならば、まとめと参ろう」

ニヤリと笑った。

「まとめ、にござりまするか」

「いかにも。これにて増子啓一郎と仕合をいたせ」

「仕合を……」

鷹之介の目が輝いた。

同時に、啓一郎に動揺が浮かんだ。

まさか、自分が御前仕合をすることになるとは夢にも思わなかったからだ。

しかも相手は、もし負ければ面目にかかわると、巧みに避けてきた新宮鷹之介とは――。

親の代から続けてきた、あらゆる努力が一瞬にして無駄になりかねない。

家斉はちらりと啓一郎に目をやると、

「番方の皆には、いつ何時戦うてもらわねばならぬかしれぬ。そのために日頃からの鍛練をしているのであろう」

凛《りん》とした表情を浮かべて言った。

「ははッ！」

鷹之介がまず平伏をした。言うまでもないことである。

いきなり何が起きるかわからぬのが世の中である。武士に安泰などありえぬのだ。

そして、将軍家が仕合をせよと申しつければ、否《いや》も応《おう》もない。直ちにするのが幕臣の義務である。

啓一郎は慌てて鷹之介に倣って平伏した。

その場に列席していた京極周防守によって、袋竹刀の使用、手甲《てっこう》、陣鉢《じんぱち》着用が伝えられ、行司は付けず、勝敗は家斉が判じるとのことであった。

鷹之介は啓一郎に一礼すると、素早く身繕いをして、袴の股立《ももだ》ちをとった。

こうなると啓一郎も覚悟を決めた。

——何が何でも勝ってやる。

日頃のどこかとり澄ました表情には、武芸者の峻厳《しゅんげん》が浮かんでいた。

家斉は大きく頷いた。

鷹之介の表情にも充実した気合が満ちてきた。

――増子啓一郎、おぬしはこうあらねばおもしろうない。

鷹之介は生き生きとしてきた。

勝敗など無縁のところで、武芸者としての楽しさが頭をもたげてきたのだ。

増子啓一郎の腕はなかなかのものだ。そして彼は命がけでこよう。手強い相手とはいえ、負ける気もしない。

「いざ！」

鷹之介と啓一郎は、家斉に深々と一礼をすると、袋竹刀を構えてぱっと間合を切った。

「おうッ！」

と、啓一郎は上段に構えてから、ゆっくりと平青眼《ひらせいがん》に構えた。

まず鷹之介の出方を見たのである。

下手な動きは出来なかった。彼はこの場で負けぬ仕合をせねばならなかったのだ。

しかし鷹之介はひとつ上の境地にいた。

家斉が啓一郎と自分の仕合を望んだのは、まず啓一郎がどれほど遣うかを見極めるためなのだ。

敵を倒す剣ではなく、相手の技を引き出す剣でなくてはならない。

「えいッ！」

鷹之介は臆せず間合に入って、啓一郎の袋竹刀をはたき、手許が浮くと小手を狙い、啓一郎が引きながら技を打ち返せば、それを撥《は》ね上げ、さらに前へ出た。

啓一郎は、間合を切るために手数を出さずにはいられなくなり、鷹之介は啓一郎を休ませずに技を仕掛け続けた。

陣鉢と手甲だけでの立合である、防具を着けての立合とは緊張が違う。といって、木太刀での果し合いに近い勝負でもないのだ。仕合が膠着《こうちゃく》してしまっては家斉は退屈するだけである。

「やあッ！　とうッ！」

啓一郎も神道無念流の遣い手である。鷹之介の意図を知るや知らずや、攻められれば彼の剣士としての意地が、自ずと前面に出て、攻め返さんとしていた。

「おお……」

家斉と共に仕合を観ていた重役達は、感嘆した。

互いに間合を崩さんとして技を仕掛け、技を返さんとして打ち返し、またさっと間合を切って構え直す。

これこそ剣の神髄ではないか。

水軒三右衛門と松岡大八は、得意になって頷き合った。

「そろそろじゃのう」

「うむ、そのようだ」

啓一郎がぐっと踏み込んだ。

「ええいッ！」

その刹那《せつな》、鷹之介は怪鳥《けちよう》の如く体を浮かせ、上から啓一郎の袋竹刀を、己が袋竹刀で叩きつけた。

体と手首のしなりが一体となった、目の覚めるような打撃であった。

「うッ……！」

出端を挫《くじ》かれた啓一郎は思わず袋竹刀を取り落し、鷹之介は間髪《かんはつ》を容《い》れずに、啓一郎の右肩に袋竹刀を載せていた。

「うむ！　両名とも天晴《あっぱ》れであった！」

家斉は高らかに仕合の終りを告げると、

「新宮鷹之介、そちの増子啓一郎への聞き取り、確《しか》と受けとった。この後も、武芸帖編纂所を頼んだぞ」

実に満足そうに言った。

「ははッ、畏れ入りまする……」

平伏する鷹之介を遠目に見ながら、高宮松之丞はここでもまた鋭い目付きと怒った顔で、泣きそうになるのを堪えていた。

十

その晩、高宮松之丞は自室に入って、一人となってから、大泣きをした。

何かというと対抗意識をむき出しにされ、どういうわけか鷹之介に見下したものの言いをする、増子啓一郎を主君は御前仕合で見事に退けたのである。

生まれてこの方、これほどまでに溜飲《りゅういん》を下げたことはなかった。

下城の折も、

「殿、真にお見事でござりましたな……」

しみじみとして一言告げたが、それからは講評は水軒三右衛門と松岡大八に任せて、顔には笑みを浮かべながら、勝利の余韻《よいん》に浸っていた。

屋敷へ戻ると、ささやかながらも祝勝の宴を催した。

増子啓一郎ごときに勝ったとて当り前ゆえ、大喜びはしないが、将軍家からお誉めを賜ったのであるから、形だけでも祝わねばならぬと、編纂所からも次々に招き入れ、鷹之介を喜ばせた。

それでも、その間は落ち着き払って執政としての務めを粛々と果し、

「殿、この度の御役はまだ続きますゆえ、御油断召さぬようお務めくださりませ」

最後はそのように締め括って、一日を終えたのだが、部屋へ入ると感極まった。

徒頭に就くことが何ほどのものであろう。

主君は将軍家直々に与えられた役儀をこなし、御前仕合の栄誉まで賜ったのだ。

天下に直参《じきさん》は数多《あまた》あれど、三百俵取りの旗本で、新宮鷹之介ほど家斉に名を覚え

られている者はいまい。

泣いて喜ぶのは、はしたない。大喜びすればするほど、鷹之介を貶《おとし》めることになる。

松之丞にしてみれば、一人泣くしかなかったのである。

これほど心地よい涙はなかった。

とはいえ、彼の嗚咽《おえつ》は止めようもなく、自室で泣こうがどこで泣こうが、鷹之介にはすっかりと知られてしまっていた。

松之丞は元より、新宮家の者も編纂所の皆も、大いに喜んでくれたのが、鷹之介には嬉しかったが、何よりもありがたかったのは、将軍家より、

「この後も、武芸帖編纂所を頼んだぞ」

との言葉を賜ったことである。

この二年の忠勤が認められたのだ。旗本としては、これほどの栄誉はないのだ。

そうして、赤坂丹後坂は実に気持ちのよい朝を迎えた。

すると、屋敷へ増子家から遣いが来た。

高宮松之丞が応対すると、使者は見た顔であった。

増子家の家士で、かつて松之丞が鷹之介の供をして、南八丁堀あさり河岸の鏡心明智流士学館へ行った時に、何度か顔を合わせていた。

その折は、家士もまた新宮家に対抗心を抱いていたのか、松之丞に対してはいつも無愛想で、言葉を交わすことがあっても、木で鼻をくったような物言いしかしなかったような気がする。

「これは高宮殿、お久しゅうござりまする」

それが今日は、平身低頭して、松之丞を〝高宮殿〟と呼んで懐かしがった。

昨日の今日だけに、機嫌を取り結ぼうとしているのだろうが、かつて会った時を思うと髪には白いものが目立ち、何とも言われぬ哀愁を帯びていた。

松之丞には既に怨讐《おんしゅう》などない。

にこやかに応対すると、増子啓一郎が鷹之介との対面を望んでいるとのこと。

松之丞は何ごとかと首を傾げつつ鷹之介に取り次ぎ、昼の八つ頃に隣接する武芸帖編纂所におこし願いたいと話はまとまった。

「いったい何用であろうな」

鷹之介もまた不審に思ったが、使者の様子を聞くと、何かしら機嫌を取りたいのであろう。

今日もまた使者の態度に溜飲を下げて、上機嫌の松之丞を見て、

「爺ィ。昼になれば編纂所に詰めて、お迎えを、な」

と、命じて老臣をわくわくとさせた。

もはや松之丞の啓一郎への緊張や、わだかまりは、すっかりと消えていた。

やがて刻限となり、増子啓一郎はやや畏まった様子で、菓子、酒などの手土産を携えてやって来た。

「これはまた、趣のある御役所でござるな」

啓一郎は、初めて足を運ぶ武芸帖編纂所が珍しいのか、しきりに役所の中を見廻した。

「まだまだ小さなところでござるが……」

鷹之介は、一通り役所を案内した。

小体《こてい》ながら、小人数の稽古に適した武芸場、編纂方が住居とする御長屋、文机《ふづくえ》が並ぶ書庫などを見ると、二年の間の編纂所の充実ぶりが窺われる。

聞いたことのない閑職と思っていたが、ここにいて武芸を調査し、学習している。

新宮鷹之介が強くなるのは当り前で、だからこそ自分への聞き書きを公儀から任されたのである。

啓一郎は、ここを訪ねてそれがよくわかったのであるが、

「わざわざのお運び、何か御用がござりましたかな」

書院で鷹之介に改めて問われると、

「それが、他でもござらぬ。あれから上様からお言葉を賜りましてな……」

顔を赤らめて語ったものだ。

家斉は仕合に敗れた啓一郎に、

「鷹之介はそちにいこうやさしいが、それは何ゆえか訊ねておくがよい」

と、告げたそうな。

武芸帖に記した啓一郎についての記述には、露《つゆ》ほども悪意がない。

「聞き取りの間、鷹之介は一度でもそちに怒ったか？」

そのように問われると、後で思えば気を悪くしてもおかしくない局面でも、鷹之介は嫌な顔をしなかった。

そして家斉に命じられて仕合をしたが、

「あ奴がその気になれば、そちはたちまちのうちに打ち倒されていたであろう」

と、将軍は評したのだ。

つまり完敗にはさせず、啓一郎の術を見せてやったといえる。

どこまでも鷹之介は啓一郎にやさしかったようだと、家斉はそれが不審でならなかったのだ。

家斉は、小姓組において増子啓一郎が、新宮鷹之介にあからさまな対抗心を抱いていたことを知っていた。

彼はそのような細やかな心配りが出来る、やさしい将軍であった。

それゆえ、鷹之介が出世の道を歩む増子啓一郎を疎《うと》ましく思い、こ度の聞き取りの間に、一度や二度の衝突があるかもしれないと思っていた。

そこには家斉らしい悪戯心が多分に含まれている。

ところが、そっと啓一郎に訊ねてみれば、件《くだん》のごとくである。

高宮松之丞は腹を立てながらも、主君・鷹之介のどこまでも怒らぬ鷹揚《おうよう》さに驚いていたのは確かであった。

鷹之介は心やさしき男ではあるが、理不尽や納得出来ないことに対しては、相手が誰であろうと、怒りを顕《あら》わに一歩も引かぬ覚悟を示すところがある。

――そう言われてみれば、この松之丞が知らぬところで、殿は何か想いを持たれていたのかもしれぬ。

控える松之丞は次第にそのように思えてきた。

水軒三右衛門と松岡大八は、武芸場で武具の手入れをしつつ、何の話をしているのか興味津々であった。

「左様でござったか。上様はそのようなことを某に訊ねて来よと……」

鷹之介は少し困った顔をして、

「確かに、増子殿には目の敵にされているような心地の悪さはござりました。されど、それも某を認めてくだされたゆえのことにござる。亡き父は某が幼い頃に〝人には好いところもあるし、悪いところもある。ひとつでも恩義に思うことがあれば、その相手を好い人と思え。すると何をされても腹の立たぬものじゃ〟、そのように申されましてな」

と、恥ずかしそうに応えた。

「ならば、貴殿はこの増子啓一郎に何か恩を覚えたことがあったと？」

啓一郎は怪訝《けげん》な顔をした。

どう考えても、鷹之介に対してそのような振舞いをした覚えはなかったのだ。

「はい、ござりました。某が初めて士学館へ参った折に、啓一郎殿には随分と世話になりましてな」

鷹之介は啓一郎より二歳下である。

子供の頃の二歳差は、大きな違いがある。

父・孫右衛門に剣の手ほどきを受け、十歳で士学館に入門した鷹之介は、年長の剣士達がすべて大人に思えて、どこに控えてよいやら、どこで着替えてよいやら、大いに戸惑ったものだ。

その時、啓一郎は十二歳で、鷹之介から見ると実に頼りになる兄弟子であった。

稽古場に居どころを探す鷹之介に気付くと、

「お前が新宮鷹之介か。よし、おれの傍にいればよい。すぐに慣れるさ」

そう言って、あれこれと教えてくれた。

やがて、鷹之介がめきめきと上達し、啓一郎はそれが気に入らずに撃剣館に入門するのであるが、

「あの時は、ほんに嬉しかったものです」

鷹之介はしみじみと言った。

「左様でござったか……。ははは、そう言えば、そのようなこともございましたなあ」

啓一郎は爽やかに笑ってみせたが、まったく覚えていなかった。

しかし、それを聞くと、

――子供の頃の人への情が、今になってこの身に返ってくるとは……。生きているとこんなこともあるのだなあ。

と、感じ入るばかりであった。

これを話せば、将軍・家斉は大いに笑うであろう。

新宮鷹之介への寵がますます深くなるかもしれないが、啓一郎は今、それがまったく悔しくなかった。

「話を聞いて、伺《うかご》うた甲斐もござった。忝うござりまする。某も、今一度、剣を鍛え直さんと存ずる」

啓一郎は、何度も頷きながら編纂所を辞した。

――子供の頃の、そんなささいなことを心の内に大事にしまっていたとは。

どこまで人が好いのだと、鷹之介には呆れる想いであったが、啓一郎は門口まで見送りに来たこの若き頭取との別れ際、

「昨日の仕合に続いて、二度敗れた心地にござる」

と、思わずそんな言葉を告げていた。

第二章　第二番

一

「小姓組の次は、書院番《しょいんばん》でござるか」

「書院番衆・子上礼蔵《ねがみれいぞう》……。抜刀術の名手、剣術は馬庭念流《まにわねん》……」

「歳は頭取と同じ、二十七」

「さて、どのような御仁でござりまするかな」

水軒三右衛門と松岡大八は、新宮鷹之介が記し始めた武芸帖を、二人仲よく眺めながら口々に言った。

番方の士の中で、武芸優秀なる者を数名あげるので、その者が日頃どのような稽古をして、いかに武芸を鍛えているかを確かめよ——。

若年寄・京極周防守を通じて、将軍・徳川家斉の命を受けた鷹之介であった。

まずは鷹之介の古巣である小姓組の番衆・増子啓一郎の稽古を検分し、武芸への想いを聞き書きし、それを上書した。

すると啓一郎の腕のほどを確かめたいゆえ、仕合をするよう命じられ、これを御前仕合において制した。

そしてこの日は、新たな呼び出しがあり、鷹之介はつい今しがた、京極周防守の屋敷から戻ってきたところであった。

先日の成果が華々しいものであっただけに、武芸帖編纂所も新宮家も、鷹之介の帰りを今か今かと待っていた。

とはいえ、役所に戻ったばかりの頭取にあれこれ問うのも憚《はばか》られて、鷹之介が聞き書き用の武芸帖を拵えるのを、まずそっと見ていたのである。

「頭取は、この子上礼蔵《こしら》という殿様を御存知なので……」

中田郡兵衛が訊ねた。

編纂所の面々は、日頃彼が拠《よ》る書庫に勢揃いしていた。

「いや、書院番の方々とは馴染《なじみ》がのうて、会うたことがない……」

鷹之介が、少し首を竦めてみせると、隅に控えていたお光が、

「同じお城の中でお勤めしていても、広いところだし、色んな組があって、たんとご家来衆がいなさるんでしょうねえ」

想像もつかないと溜息をついた。

「ははは。何と申しても、天下を治める城ゆえにのう」

城内、御殿に詰める当直、宿直《とのい》の勤番の士は、御番方と呼ばれる。

中でも書院番は小姓組と並んで両番と呼ばれ、番方の中でも重要な役儀であった。

将軍の側近くに仕えるのであるから、特に家柄のよい者が選ばれる。

定数は十組、書院番頭が各組一名、役高四千石。組頭一名、役高千石、番衆五十名、役高三百俵。さらに与力十騎、同心二十人が付く。

つまり番衆は五百人いるわけである。

その中にあって、武芸優秀と謳われる武士であるから、

「名は知れ渡っていてもおかしくはないのだが、まるでわからぬ」

鷹之介は頭を掻いた。

周防守は、鷹之介に命じるに当って、

「まず、目立とうとはいたさず、黙々と勤めに励み、武芸を鍛える者ゆえ、名が知れ渡らぬのも無理からぬことではあるが、御書院番の中では、ちょっとした名物でのう」

そのように告げてニヤリと笑った。

「名物、でござりまするか？」

鷹之介が問うと、

「変わり者じゃと言われているそうな」

宿直が明けると、番士達は皆勤めから解き放たれて、遊里に遊びに出かけたりするものである。

旗本はいつ何時でも有事の備えを怠ってはいけないので、外泊は特別な許しがない限り禁じられている。

それゆえ、遊びはもっぱら日の高いうちになるわけだ。

しかし、子上礼蔵はここでも黙々と下城し、屋敷へ真っ直ぐに帰っていく。

同輩との付合いなど、まったく気にしていない。

彼は婿養子で、義母が未だ矍鑠《かくしやく》としていて口うるさいらしいから、

「奴も遊んではおられぬのであろう」

と皆は噂をしていた。

ところが、そのような義母がいるのにもかかわらず、屋敷内では家来を相手に、古《いにしえ》の武芸者がしたかのような稽古を積み、妻女をも呆れさせているという。

そして、その成果は如実に現れているようで、彼が習う馬庭念流の道場では、誰からも一目置かれていると評判が聞こえているそうな。

変わり者ゆえに、かえって人目についてしまい、

「どこからか、噂が上様のお耳に届いたようなのじゃ」

と、周防守は言う。

おもしろい話にはすぐに飛びつき、己が目で確かめたくなるのが家斉の性分である。

「書院番には、これと言うて並外れた腕の者もおるまい。鷹に礼蔵を調べさせよ」

と、たちまち番方の優秀な武士の一人に選ばれたのであった。

「それは楽しみでござりまするな」

大八が頰笑んだ。

話を聞く限りにおいては、何とも武芸者の心をくすぐる武士ではないか。

鷹之介が好みそうな人物であるはずだ。

「いかにも会うのが楽しみでござるよ」

案に違《たが》わず、鷹之介は声を弾ませた。

歳も同じで、何ごとに対しても黙々と打ち込む武士には大いに共鳴する。

鷹之介もまた、宿直明けの遊びは好きではなかった。

真面目さを誇るつもりはないが、忠勤に励む身が、そこから解き放たれた刹那遊びに行くのは、自分自身で己が勤めを嘲けるような気がしたからだ。

とはいえ、付合いとなればいつも誘いを断るわけにもいかず、成り行きに流されもした。

それを子上礼蔵は、同僚からの誘いをすべて断り、変わり者と呼ばれても動じないらしい。

ここまでくれば、変わり者も大したもので、その噂が将軍の耳に届くというのは、痛快ではないか。

屋敷内では、口うるさい義母の軍門に降《くだ》っているのかと思えばそうでもなく、家来相手におもしろい稽古をしているという。

義母がうるさいのは、養子の身で遊び回るのは許されないと詰《なじ》っているのではなく、屋敷内を修練場にするなと怒っているようにとれる。

屋敷内での稽古に工夫を凝らし、入門している馬庭念流の道場でも、門人達から一目置かれている。

いったいどんな人間で、どんな術を会得しているのであろうか。

鷹之介は、ますます興がそそられていたのである。

二

新宮鷹之介が、子上礼蔵を下谷《したや》の屋敷に訪ねるのは二日後と決まっていた。

それに先立って、水軒三右衛門は鷹之介に、

「子上殿がどれだけの遣い手かは知れませぬが、抜刀術を稽古なされておいた方がよろしゅうござるな」

そのように勧めた。

「うむ。三殿の言う通りだな」

鷹之介は素直に聞き容れて、松岡大八と共に抜刀を鍛えることにした。

三右衛門は、

「また、上様が〝まとめと参ろう〟などと仰せになるやもしれませぬ」

再び、聞き取りが終り武芸帖を上書した後に、御前仕合を所望するのではないかと見ていた。

それは十分に考えられることである。

「抜刀を鍛えるのはよいが、据物《すえもの》斬りで勝ち負けを決めるのか?」

大八は、仕合の内容が気になる。

「抜刀術を競うとなれば、そのようになるであろうな。たとえば庭の立木の枝を、いずれが見事に切り落すかとか」

「なるほど、それは見ものじゃのう」

「大八、また我らが庭先までお供が叶うかどうかは知れぬぞ」

「うむ、そうであったな。だが、こ度もまた見たいものだなあ……」

「そんなことを言っておらずに、早う巻藁《まきわら》を用意いたそう」

三右衛門と大八は、あれこれと話しながら、鷹之介の抜刀術の稽古の段取りを素早く組んでくれた。

「三殿、大殿、真に忝《かたじけな》し」

鷹之介は、改めて編纂方二人の存在がありがたく、頼もしく思えた。

特に大酒飲みで、少し世の中を斜めに見ていたところがあった三右衛門が、このところは、鷹之介の武芸指南に熱心である。

「三右衛門は、頭取の上達が嬉しいのでしょう」

大八はそのように鷹之介に耳打ちしていた。

鷹之介が、三右衛門好みの武芸を身に付け、それをいよいよ完成させつつある。

そこに降って湧いたような、この度の将軍家からの命である。

番方の家来達の武芸の充実を確かめつつ、鷹之介が武芸帖編纂所頭取を務めたことによって、いかに強くなったのかを見てみたい。

家斉は、そういう楽しみを見出しているのかもしれない。

三右衛門としては、その場に鷹之介を万全の状態で送り出し、頭取の武芸を完成させたいと考えているのではなかろうか。

「まずその想いは、この松岡大八も同じでござりまするが……」

大八は楽しそうであった。

「人に何かを託そうとするのは、歳のせいというところでござるが、三右衛門もよい爺さんになってきたようで……」

鷹之介は、三右衛門ほどの武士から夢を託される幸せを覚えつつ、世の中を拗《す》ねているようにもとれるこの武芸者に、

——この度の務めが終れば、自分が三殿のこれからの生き方について考えてあげねばなるまい。

と考えていた。

ともあれ、時は慌《あわただ》しく過ぎていく。

鷹之介は、三右衛門、大八の助言を得て、しばし据物斬りに打ち込んだ。

今年の初めに、中倉平右衛門《なかくらへいえもん》という老武芸者が編み出した、大地《だいち》流なる抜刀術に触れた折に、抜刀術についての考察を新たにした武芸帖編纂所であった。

以後、巻藁は常備するようにしていたから、稽古の段取りは楽であった。

巻藁作りは、編纂所の面々だけでなく、新宮家の奉公人達のよい内職にもなっていた。

編纂所には月々手当が出ているので、そこから払われるのだ。

鷹之介は田宮《たみや》流、三右衛門は制剛《せいごう》流、大八は大森《おおもり》流と、それぞれ抜刀術の手ほどきを受けていたが、各自がそれに工夫を加え、自分の術としていた。

さらに三人が各術を持ち寄って、稽古をしたので、〝武芸帖編纂所流〟とでも言うべき術が出来つつあった。

その日の稽古は、もっぱら鷹之介が斬った。

三右衛門と大八はそれを見て、あれこれ助言をした。

自分ではわからぬが、客観的に見れば気付くことは多い。

長い経験で得た二人の助言は的確で、無駄がなかった。

諸手《もろて》での袈裟《けさ》斬り、横一文字斬り、さらに抜き打ちに斬る片手斬りと、鷹之介の一刀は見事な切れ味を見せた。

その自信を得て、彼は下谷の子上邸へと赴《おもむ》いたのである。

三

八月も終ろうとしていた。

朝夕は秋冷を覚え、ますます過ごし易くなっている。

新宮鷹之介は、朝から屋敷内にある小体な武芸場に出て、素振りと抜刀で体をほぐすと、昼過ぎとなって、中間の平助だけを連れて子上邸を訪ねた。

先日の御前仕合などの噂は、既に子上礼蔵の耳にも届いていよう。

物々しい供揃えで行かずとも、最早侮られることもあるまい。

変わり者と言われる礼蔵であるから、最小限の体裁を整えればよかろう。その方が、礼蔵も迎え易いのではなかろうかと思ったのである。

子上家の屋敷は、上野山下《うえのやました》にほど近い武家屋敷街にあった。

「何やら屋敷へ戻ってきたような気がするのう……」

門前に立つと、鷹之介は平助に頬笑んだ。

新宮邸と造りが実によく似ている。

片番所《かたばんしょ》付きの長屋門。その両脇に家来、奉公人達が暮らす御長屋が続いている。

三百俵取りの同じような家格であるから、当然ではあるが、やはり親しみが持て

る。

鷹之介主従の姿を見かけた番士が、すぐにそれと気付いて、

「新宮様とお見受けいたしまする。まずはこれへお運び願いまする」

恭《うやうや》しく迎え入れてくれた。

「公儀武芸帖編纂所頭取・新宮鷹之介でござる」

鷹之介は凜《りん》として名乗りをあげると、門を潜った。

すると、目の前に子上礼蔵と思《おぼ》しき武士が立っていて、

「子上礼蔵にござる。お運びいただき、畏れ入りまする……」

と、名乗りをあげた。

武骨で飾り気のない風情。

それほど背は高くないが、がっちりと引き締まった体付きが、彼を大兵《だいひょう》の豪傑に見せていた。

しかし、骨張った岩のような顔の中にある小さな目は、いかにもやさしげである。

それを見た時、

――うむ。この御仁とは気が合いそうだ。

鷹之介は確信した。

好意は顔に出る。

礼蔵もまた瞬時に、

――どのような恐ろしい御人が来るかと思えば、真に涼やかな……。

鷹之介に心惹かれ、彼の自分への好意を確信した。

二人はしばし頬笑み合って、

「門口までお出迎えくださり、真に恐縮でござる」

「さささ、まずはお入りくだされい」

礼蔵は自ら鷹之介を玄関まで案内したものだが、その途中に鷹之介は、おびただしい殺気を覚え、ふと足を止めた。

礼蔵は、鷹之介の意図を解して、

「これは申し訳ござらぬ。ちと、そのままでお待ちいただけませぬかな」

渋面を作って小声で言った。

「はい……」

鷹之介は小首を傾げたが、言われた通りにした。

殺気はその間も左方の植込みの向こうから漂っていた。

礼蔵は、それを知ってか知らずか、何食わぬ顔で植込みの前を通り過ぎた。

その刹那――。

いきなり植込みの向こうから、

「うむッ……！」

低い唸り声と共に、袋竹刀を手にした男が俄《にわか》に現れ出て、礼蔵に打ちかかった。

「たわけめ！」

礼蔵はそれを鮮やかにかわすと、腰の脇差を一閃させた。

すると、乾いた音が男の胴で鳴った。

脇差の中身は竹光《たけみつ》であった。

礼蔵はそれで襲撃者の胴を真っ二つにしていたのだ。

男はその場に平伏して、

「参りましてござりまする……」

その言葉が終らぬうちに、

「今日は大切なお客人がお見えになると申したであろうが！」

礼蔵の叱責がとんだ。

「左様でございましたか……」

「慮外者《りよがいもの》めが！　この御方をどなたと心得おるか。下手をすると俵作《ひようさく》、お前の胴は二つになっていたぞ！」

「そ、それは、御無礼をいたしました。ひ、平に御容赦くださりませ……！」

俵作と呼ばれた男は、鷹之介に向かって頭を地面にすりつけて詫びた。

俵作はどうやら子上家に仕える若党のようだ。

「頭取、何卒お許しを……」

礼蔵はしかつめらしく頭を下げた。

「ははは。これが噂に聞く、古の武芸者がしたかのような稽古でござるな」

鷹之介は高らかに笑った。

「面目ござらぬ……」

礼蔵は渋面のまま、

「いや、これはその……、屋敷に奉公をいたしておりまする外池《といけ》俵作と申す者でござる。某に隙があれば、いつでも袋竹刀でかかって参れと日頃申し付けておりまして……」

しきりに頭を掻くと、

「俵作！　いつでもとは申したが、それを鵜呑みにする奴があるものか」

また俵作を叱りつけた。

鷹之介はおかしさが増し、体を揺すって笑い出した。

「いやいや、聞き取りの手間が、これでひとつ助かりましてござる。こういう稽古を嫌う人もいるかもしれませぬが、某は好きでござるな。いや、楽しゅうてなりませぬ。まず今の小太刀での抜き打ち、お見事でござった！」

「これは、畏れいりまする……」

礼蔵は、自分にない爽やかさを持つ新宮鷹之介を、神仏を見るかのように眩《まぶし》げに見ていたが、

「俵作、お許しが出たぞ。真にもって冥加《みようが》な奴よのう」

やがて小さな目を、さらに糸のようにして笑い出したのである。

それから、まず書院に通され茶菓の接待を受けた鷹之介は、俵作を相手にしての稽古について訊ね、礼蔵と半刻ばかり談笑した。

礼蔵の稽古法は、決して悪ふざけをしているのではない。

城中で警固の任についていれば、いつ何時敵襲を受けても、それに応じなければならない。

四

これを〝子供の遊び〟と揶揄《やゆ》する者もあるだろう。

しかし、勤めがすめばすぐさま遊里へ出かける者達には言われたくない。

「今まで俵作殿に不覚をとったことはござらぬか？」

「一度もござらぬ。あ奴めは、屋敷のいたるところに袋竹刀を忍ばせておりましてな。思わぬところから打ちかかって参りまするが、あ奴に不覚をとるようでは、番士は務まりませぬ」

「なるほど、それは大したものにござるな」

「一度だけ、危ういことがござった」

「ほう、それはまたどのような」

「風呂に入らんとして、某《それがし》少しばかり床のぬめりに足をとられましてな。体の構えが崩れたところに、奴めはいきなり湯船の中から打ちかかって参ったのでござる」

「虚を衝かれましたな」

「真に衝かれましたが、ははは、これを桶で受け止め、また湯船の中に放り込んでやりました」

「それはお見事！」

「主より先に湯に浸かるとは、真に不届きな奴にござる」

「ははは、不届き大いに結構でござる」

鷹之介はおかしくて仕方がなかったが、礼蔵は終始大真面目である。

――確かに、筋金入りの変わり者だ。

鷹之介は、御城勤めの番方武士に、このような武芸にいそしむ者がいたのかと思うと嬉しくなってきた。

そういう修行を日々重ねている礼蔵ならば、防具を着けて竹刀で立合えば、さぞかし素早い身のこなしを見せつけてくれるであろう。

しかし、この度もまた鷹之介は聞き役であり、自分の稽古をしに来ているのではない。

ぐっとその気持ちを抑えて、

「抜刀術についてでござるが、いかに修練を積まれているか。それを教えていただきとうござりまする」

と、話題を移した。

本当のところは、まだもう少し、若党・外池俵作とのこれまでの名勝負を聞きたかったのだが、

「あ奴との対決を語れば、話は尽きませぬ」

と言うので、ここは遠慮をしておいたのであった。

「抜刀術でござるか……」

礼蔵は腕組みをした。

「もちろん、先ほどは俵作殿の不意討ちに応え、小太刀での抜刀をなされた。日頃

から敵との間合を計り、咄嗟の折にはいかに一刀で倒すかを、あのような稽古によって修練なされているのはよくわかりました。さりながら、抜刀そのものの稽古は、どのようになされておいでなのか。それを知りたいのです」

鷹之介は、決して俵作との対決が稽古の内に入らぬと言っているわけではないのだと、ことを分けて訊ねた。

「なるほど、抜刀そのものでござるか」

相変わらず、礼蔵は考え込んでいる。

「左様。つまり、いかに刀を早く抜くか、でござる」

「抜刀術は、田宮流を少しばかり学んでおりました」

「田宮流？　某も若い頃に田宮流で手ほどきを受けました」

「頭取も？」

「いかにも。とは申せど、作法の他はこれといって学びはいたしませなんだ」

「とどのつまり、いかに早く刀を抜くかは、己で稽古を積むしかござらぬゆえに」

「はい。一間に籠《こも》りひたすら抜く稽古を積むうち、今では何流であるかが、よくわからぬようになってござる」

「某も、まさしくそれでござる」

「では、暇があれば一人で刀を抜いたり、納めたり……」

「はい。何度も左の手を傷つけたものにござる」

鷹之介は、言わずもがなのことであったと、大きく頷いてみせると、

「当御屋敷には、武芸場が？」

そこに籠っているのかと問うた。

「いえ、もっぱら庭で稽古をいたしております」

礼蔵はそのように応えると、すぐに声を潜めて、

「どれほど小そうても構わぬゆえ、屋敷の内に武芸場があればよいのでござるが、そこは婿養子の身は辛《つろ》うござってな……」

小さく笑ってみせた。

「なるほど、お察し申し上げまする」

鷹之介は軽く頭《こうべ》を垂れた。

礼蔵が子上家の婿養子であるのは、京極周防守から聞いていた。

義母は口うるさく矍鑠としているというから、何をするにも思いのままにはいか

ないのであろう。

「ならば、庭でひたすらに……」

「はい。ひたすら抜刀の稽古を、子供の頃からいたしておりました。それはこの屋敷へ参ってからも同じにござりまする」

「その様子を拝見仕りたい」

「畏まってござる」

礼蔵は、鷹之介を庭へ案内した。

そこはなかなかに手入れが行き届いた中庭で、武芸鍛練にはちょうどよい広さがあり、白砂が敷きつめられていた。

「稽古と申しましても、大したものではござらぬ。まず、子供が玩具の代わりに刀を抜いたり納めたりして、遊んでいるというべきところでござってな」

礼蔵は、少しはにかむと、若党の俵作に打刀《うちがたな》を持ってこさせて、それを腰に差し、足袋はだしとなって庭に立った。

体の力が抜けた自然体で、何流というべきものではない。

「うむッ!」

すると気合もろとも、腰の刀がその白刃を現した。

「おお……」

鷹之介は感嘆した。

いつの間にか礼蔵は青眼《せいがん》に構えている。

そして納刀はゆっくりと慎重に――。

そして、立つ方向を変えると、またすっと抜刀した。

真にその動作は美しく、ただただ豪快なだけでない細やかな動きによって構成されていて、名人の舞を見るがごとくであった。

「こんな動きを、ただひたすらに繰り返すのでござる」

礼蔵は恥ずかしそうに鷹之介に頷くと、次はその場に座った。

武芸帖編纂所頭取を迎えるのであるから、汚ない形《なり》も出来ぬと、仕立てのよい袴を着していたが、まるで気に留める風もなく庭に座す様子は、どこか神がかっていて、鷹之介の目を捉えていた。

「えいッ!」

短かい掛け声が庭に響いた。

片膝立ちとなった礼蔵の双手には抜刀した打刀の柄が握られていた。

その体勢のまま納刀した礼蔵は、

「やあッ！」

次の瞬間、片膝立ちから立ち上がりざま、再び刀を抜いていた。

それからは座して抜き、立ち上がって抜き、片膝立ちで抜き、尻餅を突きながら抜いた刀を横に薙《な》いだ。

それらの挙措《きよそ》動作は、童児が庭に戯《たわむ》れるがごとき楽しさに溢れ、見ていて真に心地がよかった。

鷹之介はすっかりと見入ってしまった。

彼もまた刀を玩具として、抜刀納刀に夢中になったものだが、ここまでの体の動きをそれに連動させる発想はなかった。

礼蔵は遊んでいるかに見える大らかさの中で、太刀筋は見事に仮想の敵を斬っている。

戦えばどのような体勢に陥るかわからない。

ならば体勢を保つことばかり考えず、崩れたところからいかに刀を抜くかを考えた方が、敵への備えは万全ではないか――。

子上礼蔵の抜刀稽古を見ていると、そのような理屈が生まれてくる。

京極周防守の話では、礼蔵がおもしろい抜刀術を遣うと噂に聞いた組頭が、年始の挨拶に訪れた礼蔵に、

「一度、披露してはくれぬかな」

と、座興に所望したらしい。

そして、その巧みさとおもしろさに目を奪われ、

「天下無双の変わり者よ」

と賞賛し、それ以来書院番の中で、彼の武芸は誰からも一目置かれるようになったらしい。

それも、彼の稽古を見れば頷ける。

鷹之介はよきところで稽古を止めて、

「確《しか》と拝見いたしてござる。某も腕が上がらぬようになるまで、稽古をいたしたものでござるが、これには及びませぬ。真によいものを見せていただきました……」

と、改めて威儀を正した。

そうして、まず一度目の聞き取りを終えたのであるが、庭で稽古を見ている時に、何者かの目を感じていた。

それは外池俵作が、隙あらば打ちかかってやろうという殺気ではなく、陰気な翳《かげ》りが含まれていた。

――そうか、義母上《ははうえ》殿か。

鷹之介は、この視線の主をそう断定した。

三百俵取りの旗本屋敷とはいえ、表と奥の区別はある。

礼蔵には妻子があり、義母が健在である。

子はまだ幼いというから、この日も奥にいるのであろう。

そして、子上家くらいの格となれば、奥方が玄関に出ることはない。

表で主人が客を迎え入れるに当って、そこに女達が顔を出すものではないのだ。

それでも、三百俵取りの旗本屋敷では、奥向きが表から厳格に隔離されてはいなかった。

広大な屋敷でもないので、表からの声は奥に届きもする。

恐らく、奥向きとの境がこの庭なのに違いない。

この家の姑は、礼蔵を変わり者の婿と見て、日頃からよく思っていないのであろう。

それが、公儀から思わぬ使者が訪ねてくると聞いて、何ごとが起こったのかと気になって仕方がないのだと思われる。

礼蔵が御使者の前で何かを始めたと知り、そっと覗いたところ、件の抜刀術の稽古である。

「こんなものをお見せして、大事ないのでしょうか」

義母の目にはそのように映っているのではなかろうか。

――それも無理はないか。

鷹之介は心の内で苦笑した。

武士の中にも、礼蔵をただの変わり者として受け付けない者もいるのである。

屋敷内で若党と日々、袋竹刀と竹光で戯れているかに見える礼蔵を間近に見ていると、子上家はとんでもない婿養子を迎えてしまったと姑が思ったとておかしくはない。

鷹之介が覚える何者かの視線には、そういう空虚なものが含まれている。

――母上ならば、このような倅の行いをどう思われたであろう。

鷹之介は、ふと亡母・喜美《よしみ》を思い出した。

勤めに没頭し、勤めをつつがなく果すために武芸に励み、娶《めと》ろうともしなかった鷹之介もまた母の目には変わり者に映ったはずだ。

しかし喜美は、

「日々のお勤めさえしっかりとこなしているのであれば、わたしには何も言うことはございません……」

と、鷹之介のすること為すこと、すべてを温かく見守ってくれた。

今となってみれば、それが何ともありがたかった。

血を分けた息子でなければ、その生き方を理解出来ないのかもしれないが、子上礼蔵の武芸上達を阻むものがあるとすれば、奥向きとの兼ね合いではないかと見て、鷹之介は聞き取り初日を終えたのであった。

五

二日後。

新宮鷹之介は、小石川《こいしかわ》の馬庭念流・樋口定雄《ひぐちさだお》の道場を訪ねた。

この日は、子上礼蔵がいかに剣術の修練を積んでいるかを検分するためであった。

若年寄・京極周防守からの所望とあって、鷹之介は丁重に迎えられた。

過日の撃剣館同様、ここは江戸において名高き道場で大勢の門人が集う。

馬庭念流は、言わずと知れた剣術の一大流派である。

宝暦《ほうれき》から寛政期に出た樋口定暠《さだたか》は名剣士の誉高く、その跡を継いだ定広《さだひろ》の娘婿に当るのが、当道場の師範・定雄である。

定広は安永《あんえい》九年に亡くなり、その子定輝《さだてる》はまだ幼少であったので、定雄が後見《こうけん》した。

それから鑑《かんが》みても、樋口定雄がいかに立派な剣士であるかが窺われる。

武芸帖編纂所は、滅びゆく武芸流派を後世に語り継ぐのが役儀としての本意であるから、鷹之介にとっては、ここもまた無縁の道場といえる。

それだけに、彼はこの日の訪問を楽しみにしていた。

「お噂はお聞きしておりまする……」

定雄は鷹之介の瞳に、邪心なき剣への想いを見てとって、たちまち打ち解けた。

「それは恐縮にござりまする。かくお目にかかれますのも、頭取の身ゆえと、ありがたく思うております」

鷹之介は立派な直参旗本であるが、このような場では一人の剣士として、師範に接する心構えを大事にしている。

定雄が胸を打たれぬはずはなかった。

「これにて御覧くだされい」

見所に鷹之介を案内し、自分が付き添って、子上礼蔵の稽古の様子を共に見たのである。

鷹之介の訪問とほぼ同時に姿を見せた礼蔵は、師に恭しく挨拶をした後、

「何卒、よしなに」

と、鷹之介に一礼をした。

一度会っただけであるが、彼の目には既に長年の知己に会ったような親しみが浮かんでいた。

「某には何のお気遣いもなく。いつものようになされてくだされ」

鷹之介は丁重に応えて、定雄の解説を受けながら稽古を見た。

「既に御存知でしょうが、馬庭念流は、勝つことを望まず、負けることを知らず……、守りの剣術にござりまする。子上礼蔵は、そこに御書院番としての理を求めておるようで、わたしはそれを何よりと存じております」

定雄は、礼蔵の剣の意義をそのように説いた。

〝剣は身を守り、人を助けるために揮《ふる》うものなり〟

黙々と型稽古をこなす礼蔵を見ていると、その意がひしひしと伝わってくる。

敵の抜き打ちをかわし、技を見切り、守りのために反撃をする好機を探る。

その一瞬を見逃さず、屋敷で見せたあの抜刀で、将軍家の身辺警固を果す。

礼蔵の意図は、はっきりと伝わってくる。

型のひとつひとつに、馬庭念流の教義が込められているのが、見ていて真に心地よかった。

そして、防具を着けての立合となった。

ここでも礼蔵は徒《いたずら》に攻めない。

相手の出端《でばな》を押さえ、技を返す――。

この稽古を貫いた。

敵がどのような動きをもって攻めてくるのか。

それをこの稽古によって、しっかりと体に覚えさせせんとしているのがよくわかる。

樋口定雄は、目を細めつつ、

「頭取は、どのように彼の者の稽古を御覧になりましたかな」

鷹之介に礼蔵の稽古ぶりについての感想を求めた。

「ただひたすらに敵を知ろうとする稽古を続けているようでござりまするな」

鷹之介は、己が想いを伝えた。

定雄はたちまち満足そうな表情となり、

「これは御賢察。さすがでござるな」

と、鷹之介を称えた。

「いざ立合うた時に、相手がどのような動きをするものかを、体に叩き込み、攻める時はただ一刀を返すのみ。それでこそ無駄なく主君を御守りできるというもの……」

鷹之介はそのように武芸帖に記すつもりであった。

定雄は大きく頷いて、

「礼蔵も、よい御仁に稽古を観ていただけて幸いでござった。まず、この稽古の仕方では人目に華々しゅう映りませぬゆえに」

「華々しゅうは映りませぬが、それがかえって、先ほどから某の心に突き刺さっておりまする」

「なるほど」

「先生も、子上殿の稽古をお認めになっておいでなのですね」

「いかにも。皆も子上礼蔵を見習うようにと申しておりまする。ははは、多くの弟子が首を傾げておりますが……」

「先生に認めていただけたなら、他の誰にどのように見られようと、あの御仁はさぞかし本望でござりましょう」

鷹之介と定雄は、剣の条理を知る者同士の会話の心地よさに、しばし浸っていた。

当の子上礼蔵はというと、恐るべき体力をもって、立合の相手を次々と代え、心ゆくまで袋竹刀を揮っていた。

自分に聞き書きをする武芸帖編纂所頭取が、師の傍にいて稽古を検分している——。

常の者ならば、緊張に体が硬くなるところであろうが、礼蔵はどこまでも楽しそうに見えた。

屋敷で行う、外池俵作とのおかしな稽古そのままの悪童のような表情を見ていると、

——もしも子上礼蔵と仕合をすることになれば、勝ちたい。

鷹之介はそのような感情に襲われていた。

決して華々しくなく、人からは理解されずとも、自分の想いだけを込めて稽古に励み、それがまた見る人の目には天晴れと映り、知る人ぞ知る剣士となる。

それでいて彼の武芸は、あくまでも書院番として役立つように鍛えられている。

それは、新宮鷹之介から見ると、

——申し分のない稽古の積み様ではないか。

となる。

その想いが、子上礼蔵への共感と憧れを鷹之介に抱かせ、

――この男に勝ちたい。

という感情に昇華するのだ。

男には、戦うことによって深めたい友情もあるのだ。

六

小石川の道場を辞去《じきよ》した鷹之介を、

「某も稽古を終えましたゆえ、そばでもいかがですかな」

礼蔵は道場近くのそば屋へ誘った。

その日も既に八つ時となり、少し腹が減っていたので、

「それはようござるな」

鷹之介は喜んで誘いに応じた。

そばでも食おうというのは、いかにも礼蔵らしい。

鷹之介は中間の平助一人を供にしていて、礼蔵も同じように草履取り一人を連れてきていた。

そば屋はなかなか大きく、料理屋の風情があるところであった。

礼蔵は、ここへは子上家に婿入りする前からよく来ていたそうな。

「某の唯ひとつの馴染でござるよ」

そば屋の主は、礼蔵の人となりが気に入って、何かと旗本の三男坊に世話を焼いてくれたので、礼蔵が婿養子となって、旗本の殿様となった時は、いたく喜んでくれた。

「味はどこよりもうもうござるので、ご辛抱願いたい」

「いやいや、そば屋くらいがありがたい。編纂所が馳走になるわけにもいきませぬ。代は当方で持ちましょう」

鷹之介は、そば屋の払いを持つというだけで大いに恐縮する礼蔵をおもしろがりながら、今日はもう少し語り合っておきたかったので、ありがたい誘いであったと思っていた。

「これは殿様……」

主人は五十絡みの小柄な男で、鷹之介を同道してやって来た礼蔵を大喜びで迎え入れ、軽快な足取りで二人を二階の座敷へ案内した。

そばがきに、かまぼこ、天ぷら、玉子焼き……。そば屋で軽く一杯引っかける楽しみをすべて備えた店であった。

「これはよい。小石川に来ることがあれば、某も子上殿との誼《よしみ》を申して、使わせてもらいましょう」

「ふふふ、頭取はいつも屈託がのうて、頭が下がりまする」

何を言っても、何をしても、鷹之介は笑顔で受け容れてくれるのがありがたいと、礼蔵はまず言った。

鷹之介が彼に親しみを覚える以上に、礼蔵は鷹之介に好意を抱いているらしい。

「聞き書きをしていただくにあたって、色々と某について、お話ししておこうと思いましてな」

「それは、まとめる側としては、ありがたいことでござる」

二人はいつしか膝を突き合わせて、語り合っていた。

礼蔵は武芸帖編纂所がいかなる日々を過ごしているかが気になっていたらしく、

まずそれを鷹之介に問うてきた。

鷹之介が一通りを伝え、小姓組番衆から役替えになったと伝えられた折は哀しかったものだと言うと、

「某は三男坊の冷や飯食いでござったゆえ、その想いがようわかりませぬ。話を伺えば、武芸帖編纂所は真にやり甲斐のある御役と思いまするが……」

礼蔵は首を傾げて鷹之介を見た。

「そのように言われると面目次第もござらぬ」

思えば礼蔵の言う通りであった。

鷹之介は旗本の家に生まれ、父は役付きで、自分は嫡男であったから、家禄にも御役にも当り前のようにありつけた。

しかし、礼蔵は三男として生まれたのだ。

子上家の養子になれただけでもありがたい、御役に就ければ尚更であるという。

まったく自分は甘かったと、今再び反省させられる。

礼蔵の生家は代々書院番衆を務めてきた。礼蔵は三男として生まれ、父の死後、自分より十五歳上の長兄が家を継いだが、次男は早逝し、長兄も先頃亡くなり、今

は甥が跡を継いでいる。

子上家とは遠縁に当り、主であった兵左衛門《へいざえもん》は、どういうわけか子供の頃から礼蔵をかわいがり、得意であった田宮流抜刀術を教えてくれた。

礼蔵の呑み込みは早く、子供の頃から真剣を玩具にして稽古に励む礼蔵が健気《けなげ》に思えたのであろう。

兵左衛門は、礼蔵を娘・勢津《せつ》の婿養子として跡を継がせることにした。

剛直な人であったゆえに、勢津は否も応もなく従ったが、兵左衛門の妻・志万《しま》はこれに異を唱えていた。

礼蔵は子供の頃から、随分と風変わりであった。

挙措動作が子供らしくなく、一旦思い詰めるとそれ一筋になり何も見えなくなる。

「植木を枯らすな。しっかりと水をやれ」

と言われると、雨の日にも水をやるという、愚鈍さもあった。

そうかと思うと、老人が語るような蘊蓄《うんちく》を傾けてみたりする。

志万にとっては、不気味な子供でしかなかったのだ。

礼蔵は子上家への婿入りの過程を語ると、

「そのようなわけで、義母上からは未だに疎まれておりまして、先だって庭で抜刀の稽古を御覧に入れました折にも、あのような始末で、面目もござらぬ」

苦笑いを浮かべた。

あの折、庭を誰かが空虚な目で見つめている、そんな気配を覚えたのは、やはり志万が放っていたものであった。

礼蔵は、鷹之介ほどの武士なら既に不審を覚えているであろうと、多くを語らず家政を取り仕切るべき自分の不覚を詫びたのだ。

鷹之介は想像通りであったので、志万については触れずに、

「奥方との暮らしはいかがでござるかな」

と、勢津に話を向けた。

「妻は、倅がまだ三つゆえ、これにかかりきっておりまする。義母上が婿についての不満を口にする前に、そこへ逃げておきたいのでござろうな……」

どこにも行き場のない志万と違って、勢津は変わり者の主人には何も期待はせず、嫡男・兵太郎《へいたろう》に夢を託しているので、夫婦の間には波風も立たず、といって情愛を重ねることもなく、日々平凡に過ごしているらしい。

「まず、兵太郎を産んでくれてありがたかったものでござる。義父上は、孫の顔を見てお亡くなりになられたゆえに」

礼蔵は、一合ばかりの酒にほんのりと顔を朱に染めて、溜息交じりに言った。

自分の生き方を書院番衆としての生き方ひとつに重ね、頑固なまでに貫き通している子上礼蔵にも、養家の者を満足させられていない屈託があるらしい。

鷹之介に最早二親はなく、まだ妻帯していないので、奥向きへの配慮という男の仕事がひとつ助かっている。

しかし、礼蔵は奥向きに入ることで書院番衆になれた身である。ここをしっかりと治めるのは避けて通れない。

変わり者を押し通すのも大変なのだ。

滅多に人に語れぬ話も、新宮鷹之介にはすることが出来た。

自分に対しての聞き書きをしてくれるなら、それに託《かこつ》けて、こちらの方も話しておこう。そこに何か道が拓《ひら》けるかもしれない。

鷹之介は、礼蔵のそんな想いを受け止めていた。

そして、その不器用さに自分と相通ずるものを覚え、この度の聞き取りが子上礼蔵の忠勤をますます確かなものに出来れば、これほどのことはないと思っていた。

「子上殿は、番方の中でも剣技抜群と謳われ、こ度の聞き取りの一人に選ばれたのでござるぞ。その栄誉をまだお義母上はようわかっておいでではござらぬようだが、そのうちに、よい婿に恵まれたとお思いになられましょう」

「左様でござるかのう」

「はい、そのように思いまする」

「そうなればようござるな。某は今の兵太郎くらいの折に母に死に別れておりましてな。義母上を真の母と思い暮らしているのでござるが、頭取のように涼やかな男ではないゆえに、どうもいけませぬ……」

礼蔵は、鷹之介の言葉に幾分心が安らいだようで、たちまち相好を崩した。

「子上殿は、据物斬りなどは、なさいますかな?」

その折を見はからって、鷹之介は問うた。

「据物斬りならば、屋敷内にて巻藁を使うて、時折稽古をいたしておりまする」

「ならば、それを拝見仕りとうござる。それをもって、いよいよ聞き取りも終りにしとうござりまする」

「畏まってござる」

再び礼蔵の顔に、武芸者の厳しさが浮かんだ。

七

さらに二日後の昼下がり。

新宮鷹之介は、下谷の屋敷に子上礼蔵を訪ねた。

礼蔵は、書院番の勤めを終え下城して間なしであったが、嬉々として鷹之介を迎え、玄関脇の広間に案内した。

そこは板敷で、据物斬りはいつもこの部屋で行っているらしい。

中庭ですればよいのだが、志万が覗き見ていると、その凄まじさに恐怖を覚えてもいけないと思い、ここで密かに行うらしい。

巻藁を運んできて設《しつら》えるのは、もっぱら外池俵作の仕事であるが、彼はこれを見るのが楽しみなのか、嬉々として立ち働いていた。

「右の手の甲が赤いが、どうかいたしたかな」

鷹之介は、俵作の手の甲が少し腫れているのに気付いて問うた。

どこか飄々《ひょうひょう》とした、恍《とぼ》けたところのある俵作を見ていると、何か声をかけたくなるのだ。

「これは畏れ入りまする。殿様を打ち損じましてござりまする」

俵作はしかつめらしく威儀を正すと、また設営に戻った。

「あ奴め、今朝は某が庭へ降り立たんとした時に、縁の下から打ちかかってきましてな」

「それで返り討ちに？」

「扇で手の甲を打ち据えてやりましてござる」

「ほう、それはお見事」

鷹之介は高らかに笑った。

この稽古法を、武芸帖編纂所で話すと大いに受けて、

「それはおもしろうござる。お光、おれに隙があればいつでも打ち込んで参れ」

と、お光はその日から大八を日々狙っている。

若党に命じる礼蔵もおもしろいが、それに応えてあの手この手で打ちかかる俵作

はさらにおもしろい。

変わり者であっても、礼蔵は家来から慕われているのがこれでわかる。

──義母上殿は、それでも礼蔵殿を変わり者と切り捨てるのであろうか。

いっそ巻藁での据物斬りも庭でして、彼の実力を見せつけてやればよいのにと思いながら、鷹之介はこれを見物した。

そして、彼の技を目にした時、あらゆる雑念は、どこかへとんでしまった。

「えいッ！」

「やあッ！」

気合もろ共に抜刀する度に、巻藁は妖術をかけられたがごとく数を増やした。

袈裟、横一文字、すくい斬り──。

あらゆる太刀筋が試されていく。

驚くべきは、先日庭先で見せた抜刀が、ここですべて生かされていたことだ。

立ったままでの抜き打ち、座しての抜き打ち、片膝立ちから起き上がる間にひとつ斬り、再び片膝立ちになる間にまたひとつ斬る。

そして尻餅をつきながら抜いた刀が、巻藁を真っ二つにしていた。

あの日、戯れているかのようにして見せた抜刀は、恐るべき剣技となってここに蘇っていた。確かにこれを志万が見れば、ただただ不気味さが募るだけかもしれない。

「お見事でござる……」

鷹之介は、もう十分に礼蔵の成果を見せてもらったと、座して深々と一礼した。

「これで聞き書きは終えとうござる。日々屋敷で家来を敵に見立て、いざという時のための勘を養い、抜刀の稽古は、据物斬りに繋がるよう工夫がなされ、馬庭念流の道場では、あらゆる敵の動きに合わせて戦い、何があっても主君をお守りいたす心構えを磨き続ける……。その心得は、番方武士の鑑《かがみ》であると、新宮鷹之介、大いに感服仕ってござる」

鷹之介は心からそう思った。

「御満足いただけましたかな」

礼蔵は、照れ笑いを浮かべながら訊ねた。

「某の満足など言うまでもござらぬ。この後は、これを武芸帖にまとめ、上様に上書いたす」

「上様に、その由が伝わるのでござりまするか?」

「無論にござる。某の聞き書きをお読みになれば、きっと上様はお喜びになりましょう」

「上様がお喜びに……」

礼蔵は、きょとんとした顔をしたが、

「こ度の聞き書きとは、それほどまでのものにござったか……」

と、大いに感激した。

どうやら礼蔵は、鷹之介の聞き書きの意味をそこまでのものと捉えていなかったようだ。

番方から数名の猛者《もさ》を選び、武芸帖編纂所頭取がそれぞれに会い、稽古法やその実力のほどを書き記して上書する——。

その意図はわかっていたが、将軍・家斉が直に目を通し評するとまでは思ってもみなかったらしい。

「何ごとにも慎み深い子上殿ゆえ、それほどまでのものとは思われなかったのでござろうが、これは貴殿が既に上様から認められた上での聞き取りにござるぞ」

鷹之介はそのように告げると、

「まずは祝着に存ずる」

畏まってみせたのである。

「そうとも知らず、某はやはり粗忽者《そこつもの》でござった……」

礼蔵は恥入ったものだが、

「今日で聞き書きも終りと存じ、ささやかながら宴を催しとうござりまする。何卒お付合いくださりませい」

と鷹之介に願った。

礼蔵は、鷹之介に初めて武士として相通ずるものを覚え、僅かな間の触れ合いに、名残惜しくなっていたようだ。

「喜んでお邪魔をいたしましょう」

笑顔で応える鷹之介を見て、

「忝し……」

礼蔵は子供のようにはしゃいだのである。

すぐに表の広間で宴は開かれた。

酒食には、まるで無頓着である礼蔵は、家来達に工夫をさせ、妻の勢津にその指揮をさせた。

勢津は礼蔵以上に、新宮鷹之介来訪の意味を解していなかったが、宴など催したことのない礼蔵が、そわそわとして頼むので、

「これはさぞかし大事なお客様なのでございましょうねえ……」

と、力を注いだ。

何の道楽もなく、おもしろみといえば屋敷内で俵作相手に行う、子供騙しのような稽古だけの礼蔵である。

真に退屈な夫であったが、御役目一筋で、武士として武芸の鍛練に余念がない礼蔵には、文句を言えるものではない。

彼女もまた、妻としての務めを淡々とこなしながら三年の間共に暮らしてきた。

息子の兵太郎のかわいさが、夫への不満を消してくれていたが、この日は少し心が躍った。

しかし、じっとしていられないのが姑の志万であった。奥向きの女がしゃしゃり出ては子上家の恥になろうと、このところの武芸帖編纂所頭取のおとないを、横目

に眺めていたが、聞けば若年寄からの命によって礼蔵の品定めに来ているとのこと。以前から接待のひとつでもいたさねばならぬのではないかと思っていたところ、この日の宴となった。

「何やら見てはおられません」

と、勢津の準備に口を出し、ひとまずの別れを惜しむ鷹之介と礼蔵の前に出て、

「ご挨拶だけいたしましょう」

と、しゃしゃり出て来たのである。

「これはようこそお越しくださりました」

志万はまず、妻女の勢津を挨拶に行かせ、すぐに奥へ引っ込めた後、ここぞとばかりに宴の場に出て来た。

その時、鷹之介と礼蔵は抜刀術についての想いをぶつけ合い、心地よい酒の酔いに浸っていたのだが、

——義母上殿のお出ましか。やはり礼蔵殿のことが気になるのであろう。

鷹之介は剣術談義が止まってしまっても、この宴によって志万が礼蔵を認めるようになれば何よりりだと、

「武芸帖編纂所頭取・新宮鷹之介でござる。本日のお招き忝うござりまする」

威儀を正し、笑顔をもって志万に対した。

「かつては、このお屋敷にもお客様がよくお見えになっておりましたが、このところはさっぱりと……。寂しい想いをいたしておりましたゆえ、本日は嬉しゅうございます」

志万は、先代の頃と比べると家勢が落魄《らくはく》したと嘆かんばかりの言いようであった。

「某は、屋敷に訪ね来る客の数が、御当家の御威勢を物語るとは思いませぬ。礼蔵殿は黙々と武芸に励まれ、この度は御支配から、武芸達者と認められたのでござる。何よりのことと存じまする」

鷹之介は、少し志万を窘めるように言った。

「武芸達者……、でござりまするか……」

志万にはそれがどうもぴんとこないようだ。

彼女にとって礼蔵は、相変わらず若党と子供の遊びをしている、ただの変わり者としか映っていない。

御役についている旗本は、もっと社交的に振舞い、そこから出世の道を模索すべきだと思い込んでいるのだ。

「他にもどのような御方が、武芸達者と認められておいでなのでしょう」

訊ねる志万の口ぶりからして、礼蔵が認められるくらいであるから、どうせ他の連中も、武芸に取り憑《つ》かれた変わり者であるのに違いない。そこに選ばれたとて、たかが知れている。むしろ、それによって礼蔵がおかしな自信を得て、ますます武芸馬鹿になっていくのではないかと、彼女は危惧しているようだ。

「今はまだ、役儀の最中《さなか》ゆえ詳しくは申せませぬが、礼蔵殿は上様からお誉めに与ることになると存ずる」

鷹之介はそう告げて礼蔵を守り立てたが、志万は上様と言われてさらに狐につまれた想いになったようで、

「ほほほ、新宮様はお口が御上手にございまする。上様にお誉めいただけるなどとは思うてもおりませぬ。せめて御支配にお認めいただき、孫の代にはまた新たな御役に就けるよう、お忘れなきようにと祈るばかりにございまする……」

志万はどこまでも自分の思い込みだけであれこれと鷹之介に語ってから、再び奥へと帰っていった。

「申し訳ございませぬ……」

興醒めであると、礼蔵は鷹之介に気遣った。

鷹之介が、さすがに不快な表情をしていたからであろう。

鷹之介は、宴の邪魔をされたことよりも、志万がまったく礼蔵を無視して、彼を蔑《さげす》むような態度に終始していたのが、不快であったのだ。

今の話しぶりでは、

「どうせ、武芸帖編纂所という役所も、大したところではないのでしょう」

という本音も見え隠れする。

礼蔵はほとんど生母の顔を覚えていないので、志万を母と慕いたい。それを志万はぴしゃりと拒んでいるとしか言いようがない。

家政の乱れは武芸修練の妨げとなろう。

「礼蔵殿、婿養子には付きものの試練かもしれませぬが、これは何とかいたさねばなりませぬな」

笑ってはすまされない鷹之介であった。

「はて……」

礼蔵は、鷹之介をきょとんとした顔で見たものだ。

あの面倒な姑を適当にやり過ごそうとはせずに、どこまでも自分の肩を持ってくれた上に、何か策を胸に秘めているような――。

「頭取、某は人のことは言えぬが、貴殿もまた、大変な変わり者でござるな」

つくづくと言う礼蔵を見て、

「ははは、以前はともかく、近頃は朴念仁だの唐変木だのと……よう言われまする」

と、鷹之介は首を竦めた。

真の母と慕う義母から突き放される不幸せにもめげず、子上礼蔵は武芸に励み、天下無双の警固の士となった――。

聞き書きをまとめた武芸帖には、その由をどこかに書いておこう。彼は、頭の中でそんなことを考えていた。

この若き頭取には、役儀を素直にやり遂げるだけではなく、そこに何かしらの夢や望みを繋げようとする、お節介なところがある。

八

かくして新宮鷹之介は、書院番衆・子上礼蔵への聞き書きを終え、これを若年寄・京極周防守を通して、将軍・徳川家斉に上書した。

すると、また将軍家からの御召しがあった。

小姓組番衆の増子啓一郎の時と同じく、聞き書きについて自ら上申せよとのことであった。

そして、この度もまた吹上の御庭へ出よという。

さらに、武芸帖編纂所の者が、不測の事態に備え庭の隅に控えることも許されたのである。

恐らくそうなるのではないかと見ていた水軒三右衛門は、御前に出ればきっと何かを所望されようと、鷹之介に日々編纂所と新宮家屋敷において抜刀の稽古をするようにと具申した。

「さもありなん」

鷹之介は、抜刀と据物斬りに汗を流した。

子上礼蔵の見事な術を目のあたりにしていただけに、自分が彼のように抜刀が出来なかったり、巻藁が斬れなければどうしようかと、不安になっていたのである。

――礼蔵殿との仕合には、何としても勝ちたい。

礼蔵に勝てば、これまでの自分の精進は何ひとつ間違っていなかったと言えるであろう。

鷹之介は、久しぶりに競い合いたい相手に出会った。

全力をもって対し、勝つことが礼蔵への友情だと思っていたのである。

ゆえに、前の御召しとは違って、この度の登城には心に期するものがあった。

高宮松之丞、水軒三右衛門、松岡大八は、先日と同じく幔幕の陰で、そっと鷹之介の姿を窺い見た。

そして鷹之介が、家斉が座す上覧所を遠く見つつ、畏まると、

「こ度もまた大儀であった！」

家斉の楽しそうな声がした。

「まず、子上礼蔵をこれへ……」

前と同じ流れとなった。

「子上礼蔵、これに控えおりまする」

幔幕の向こうから現れた礼蔵は、さすがに俵作相手の抜き打ち稽古というわけにはいかず、緊張を漲《みなぎ》らせていた。

「うむ。礼蔵、でかしたぞ！」

家斉は一声かけると、高らかに笑った。

「鷹、そちの書いた武芸帖、真におもしろう読んだぞ。ははは、礼蔵、そちのような者こそが真の豪傑なのであろうな……」

「ご、豪傑とは畏れ多うござりまする……」

礼蔵は将軍に声をかけられ、平蜘蛛《ひらぐも》のように這いつくばった。

「ははは、おもしろい奴よ」

家斉は殊の外に上機嫌であった。

鷹之介は、してやったりの表情で平伏した。

この度の子上礼蔵についての聞き書きのまとめには、読本《よみほん》作者の一面を持つ、中田郡兵衛の力を借りた。

礼蔵が大真面目で、俵作に不意を衝かせ、日々これを撃退する様子には、多少の創作を加え、おもしろみの中に実戦に役立つ妙があると記した。

また、庭での抜刀の妙が、据物斬りと見事に繋がり、尻もちをついてでも敵を斬らんとする稽古は、すべて抜かりなく警固をするためのもので、あえて不様《ぶざま》な姿をさらす勇気を称えてあった。

家斉はこの辺りの描写が、物語を読むように痛快で、おかしかったのであろう。

そうして御前に召せば、

――なるほど、こ奴が子上礼蔵か。

古武士然とした中に、えも言われぬ愛敬があり、礼蔵が真顔になる度に、笑えてきて仕方がなかったのだ。

彼は、礼蔵を武芸優秀なる者に選んだ支配の者にも、それをおもしろおかしく、かつ武芸の神髄に触れる筆致で上書した鷹之介にも、大いに満足していたのである。

吹上の御庭は、いつになく和やかな様子となっていた。

「礼蔵、そちがどれほどの腕か、これにて披露いたせ。忠勤を誉めるのはそれからといたそう」

「ありがたき幸せに存じまする……」

「うむ。ならばこれにて、新宮鷹之介と仕合をいたせ」

「仕合、にござりまするか……」

「据物斬りの仕合じゃ」

「ははッ！」

礼蔵は大いに畏まり、ちらりと鷹之介を見て、目で礼を言った。

将軍家の自分への好意は、どう考えても鷹之介の聞き書きのお蔭だと彼は悟っていた。

そして、鷹之介と技を競い合える楽しさに、彼は身震いした。

思えば礼蔵は、鷹之介の実力のほどを知らなかった。

身のこなしに加えて、武芸の見方に対する勘を見れば、新宮鷹之介が生半《なまなか》ではない術を身に備えているのは明らかである。

しかし、実際にその術に触れぬまま別れていたので、

——ここで術を競い合えるのなら本望である。

と喜んだのだ。

二人共に、負けたらどうしようという気持ちはない。

勝負は勝たねばならない。そのためにお互い死力を尽くすことが大事なのだ。

友情を育《はぐく》んだ二人である。

木太刀での立合、素面《すめん》素籠手で袋竹刀による立合となれば、相手に気遣う想いは出てくる。

しかし、据物斬りでの勝負となれば、武芸を通じて心が通い合った二人にとっては、遊びも同じである。

さて、いかにして競うのか――。

この度も臨席している若年寄・京極周防守から、その内容は告げられた。

「藁で拵えた人形を敵と見て斬る……。その致しようを見て雌雄《しゅう》を決するものとする」

二人は左右の立ち位置を入れ替わりつつ、幔幕の袖から差し出される棒に結えた藁人形を次々に斬るというものであった。

人形はいきなり飛び出てくる。

その刹那、見事に抜き打ちに斬れば一本取ったことになる。

「上様をお守りする、その立場を忘れぬようにな」

周防守はそのように付け加えて、仕合の開始を告げた。

まずは鷹之介が左、礼蔵が右に立った。

二人は息を整え、いつでも抜刀出来る体勢を作った。

静寂が辺りを包んだ。

いつどちらから人形が差し出されるかわからない。

その緊張が痛いほど張り詰めていた。

しばし何ごともないかと思わせておいて、まず右から人形が礼蔵めがけて差し出された。

「うむッ！」

その刹那、礼蔵の一刀が人形を二つにしていた。

「おお……！」

列席の重臣達から溜息が洩れた。

いつどのようにして抜刀したか知れぬ、電光石火《でんこうせっか》の早業であった。

礼蔵はゆっくりと納刀する。

その鍔《つば》鳴りの音がした時、今度は左から人形が鷹之介めがけて差し出された。

「それッ！」

鷹之介は横一文字にこれを両断していた。

またも吐息が洩れた。

礼蔵は相好を崩した。

――思った通りの腕前だ。

これほどの腕を持っていたとは恐れ入る。その鷹之介の前で演武をしていたとは、真に気恥ずかしい。

――だが負けぬ！

礼蔵の気力はこれでますます昂《たか》まった。

鷹之介と立ち位置を代えた礼蔵は、途端に差し出された二つ目の人形を袈裟に両断していた。

そして、次は鷹之介と思いきや、また出てきた人形を彼は納刀する間もなく斬っていた。

右へ左へ、左へ右へ――。

二人の剣士は体を移動させながら、人形を斬る。

鮮やかな技ゆえ、藁の切れ端が宙を舞うこともなかった。

そして、二人へ同時に藁人形が差し出されたところで、

「それまで！」

という号令が発せられた。

見物していた者達は皆一斉にどよめいた。

ここまでひとつも斬り損じのなかった両者の均衡が絶えたからだ。

鷹之介に差し出された人形が、そのままに残っていた。

抜刀したものの、鷹之介はこれを斬らず、ゆっくりと納刀したのである。

「何と……」

驚いたのは礼蔵であった。

鷹之介の斬り損じが信じられなかったのだ。

「鷹、何ゆえ斬らなんだ」

家斉が問うた。

鷹之介は平伏して、

「人形が、小柄な御女中に見えたゆえにござりまする。上様をお守りする立場をわきまえての据物斬りとなれば、曲者と御女中は見分けねばならぬかと思いましてござりまする」

と、応えた。

「ふふふ、左様か……」

家斉は楽しそうに笑った。

礼蔵は、はっとして最後に差し出された人形を見た。それは小さくて腹の辺りには赤い帯が巻かれていた。

営中の警固の折には、曲者だけではなく、逃げまどう女達が、俄に目の前を横切ることとてあろう。

鷹之介はそこを見極めたのである。

「参りましてござりまする……」

礼蔵は、己が不覚を素直に認め、その場に平伏した。

「この勝負は新宮鷹之介の勝ちといたす。されど礼蔵、この仕合はそちには不利であったな」

家斉は、鷹之介の勝ちを宣告すると、不利と言われてきょとんとする礼蔵に、悪戯な目を向けて、

「鷹之介が思わず斬る手を止めたのは、母から受けた慈《いつく》しみが、そちより深かったからであろうよ」

と、また楽しそうに笑ったのである。

秋の風がそれを合図に、一斉に幔幕を揺らしていた。

九

その二日後の夜。

新宮鷹之介は、子上礼蔵を深川永代寺《ふかがわえいたいじ》門前の料理屋〝ちょうきち〟に誘った。

礼蔵は、趣のある店の風情を見て、

「頭取にはまた負けました。このようなよい店を御存知とは……」

「いやいや、某の唯ひとつの馴染でござるよ」

鷹之介は、いつぞやの礼蔵と同じ言葉で応えると、

「この姐さんもまた唯一人の馴染でござってな」

三味線を抱えてやって来た芸者の春太郎《はるたろう》を見て言った。

「頭取も隅に置けませぬな」

礼蔵にしては浮かれた言葉で冷やかしたものだが、

「ははは、この姐さんは仲間でござってな」

「仲間？」

鷹之介は春太郎にひとつ頷いた。

春太郎はやれやれという顔をして、髪に挿していた針形の棒手裏剣を打った。

それは実に美しく、燭台の太い蠟燭《ろうそく》に突き立った。

礼蔵は唸った。

「なるほど手裏剣術のお師匠でもあるわけでござるな」

「いえ、ただの三味線芸者でございますよ。ちょいと親の因果をしょい込んじまいましてね。それを武芸帖編纂所の野暮で唐変木の殿様に見つかって、仲間にされちまったってところで……」

鷹之介は苦笑して、

「野暮で唐変木か。初めてお連れした客人の前で、言ってくれるな」

「まあ、そこは、お仲間でございますからね」

春太郎はにこりと笑って、

「ささ、まずお話をなさいまし」

こちらは爪弾いておきましょうと、三味線の胴を膝にのせた。

余計な口を利きませんから、三味の音に乗せて話せばよい。どうせ男同士、武士は相身互《あいみたが》いとばかり、女には退屈な話をしたいのであろう。

ひとしきり済んだら、少しばかり色気のある話で座を盛り上げるとしよう。

春太郎は、水軒三右衛門、松岡大八を連れずに二人だけで宴席にいる鷹之介と礼蔵を見ながらそんなことを考えていたが、

――この二人には、そういうのも余計かもしれないねえ。

もっぱらうるさくならぬよう、撥《ばち》を持たず弄《もてあそ》ぶように爪弾いたのであった。

「礼蔵殿、今宵は何やら晴れ晴れとしたお顔をなされておいでじゃのう」

「そのように見えますかな」

「はい。もしや奥向きが暮らし易うなられたとか？」

「ふふふ……」

「それは幸いでござった」

「頭取のお蔭でござる。忝し……」

「はて、何のことやら」

「某への聞き書きを、好い按配《あんばい》にまとめてくださったことでござるよ」

「ははは……」

鷹之介はただ笑うだけで何も言わなかったが、礼蔵には見えすいたことであった。

家斉に上書した武芸帖には、子上邸での稽古をおもしろおかしく認めた鷹之介であったが、そこにさらりと、〝姑殿の信をえられれば、さらなる稽古の充実が叶う〟という由を書き込んでおいたのだ。

家斉は、この意を書院番頭に訊ねたのであろう。

すると、礼蔵が婿養子で、姑の志万から変わり者扱いをされていると知り、

——姑の目から見れば、ただの〝変わり者〟か。これはよい。

と、さらに楽しくなったらしい。

それが、赤い帯を締めた藁人形の発想になり、

「鷹之介が思わず斬る手を止めたのは、母から受けた慈しみが、そちより深かったからであろうよ」

という言葉となったのだ。

家斉のあの言葉は、たちまち子上家の縁者達から、志万の耳に届けられた。

どこまでも礼蔵を馬鹿にしている志万は、礼蔵が将軍家の御召しに与ったと聞いても、

「どうせ大勢の中の一人なのでしょう」

と、まるで取り合わなかったので、志万は礼蔵の栄誉を知って慌てふためいたという。

「いや、頭取。義母上はあれから、人が変わったように、某を慈しんでくれておりまするよ」

礼蔵は、鷹之介にまたひとつ頭を下げた。

「左様で、それは重畳《ちょうじょう》」

「妻の勢津の口数も増えてござる」

「それも重畳」

「それで随分と笑わせてくれました」

「奥方が？」

「いかにも。〝母上が、赤い帯はこの先締めぬようにいたしますと、申されておりました〟と」

「ははは、それはよい！」

礼蔵は御前仕合については何も語らなかったが、赤い帯を締めた藁人形を真っ二つにしてしまった礼蔵の話が早くも洩れ伝わったらしい。

二人はしばし、愉快に笑い合ったが、
やがて、しんみりとした口調で言った。

「頭取の御母上は、さぞかしおやさしい御方であったのでしょうな」

「いかにも、やさしい人でござった。あの折の人形のように小柄でしてな……」

鷹之介の声も湿ってきた。

頃やよしと春太郎は撥を引き寄せ、賑やかな曲を弾かんとした。その時であった。

「やあッ！」

と、次の間に控えていた外池俵作が、袋竹刀を手に礼蔵に打ちかかった。

礼蔵はそれを巧みにかわし、右手で俵作の足を払って倒すと、

「お前には負けぬぞ！」

扇で彼の頭をぽかりとやった。そして、

「頭取、企みましたな」

鷹之介を見て、ニヤリと笑った。

「いやいや、お見事！」

鷹之介は哄笑《こうしょう》した。

さすがは春太郎である。ひとつも動じずに、

「さてと、パーッとやりましょうか」

変わり者の男達に呆れつつ、陽気に曲を弾き始めたのである。

第三章　第三番

一

武芸帖編纂所頭取・新宮鷹之介に課された次の〝聞き取り〟は、大番組頭・剣持《けんもち》重兵衛《じゅうべえ》についてであった。

若年寄・京極周防守からその名を聞かされた時、鷹之介は、

――やはり、そうきたか。

と納得したが、

――番士のうちから選ばなかったのか。

と不思議にも思った。

大番組頭は役高六百石の躑躅《つつじ》間席。これまでとは分限《ぶげん》が違う。その上、剣持重兵衛といえば、誰もが認める剣術の達人である。今さら鷹之介が聞き書きなど、するまでもないと思っていたのだ。

重兵衛は齢三十五。小野派一刀流の遣い手として、以前からその名が知れ渡っていたのだが、十年前に立てた武功が、彼をさらに有名にした。

大番の仕事は、西ノ丸、二ノ丸御殿の警備。一年交代での二条城、大坂城在番などの他に、廻り番として、江戸市中の巡回警備がある。

その折に、彼は凶悪な盗賊の集団を追う、御先手《おさきて》組の一団と遭遇した。

重兵衛は、迷うことなく御先手組に助勢して、自ら先頭に立ち、血路を拓かんとして暴れ回る賊を二人斬り倒し、三人に手傷を負わせるという華々しい武功をあげた。

彼の強さが賊の気を萎《な》えさせ、一気に解決に向かったのである。

その事実から見ても、剣持重兵衛の強さは明らかで、それほどの腕を持つ組頭を、小姓組、書院番の番衆と同じように扱ってよいのであろうかと思われたのだ。

鷹之介の不審に気付かぬ周防守ではない。

「そなたにはいささか苦労をかけるかもしれぬが、これは御老中からの話でのう」

特別な意を含んでいるのだと、低い声で言ったものだ。

下命とあれば何ごとも厭《いと》わないが、確かに荷が重い役儀ではある。

事情があるなら、しっかりと聞いておきたかった。

しかし、老中からの話と聞いて、少しは気も楽になった。

幕府の番方は、大番、小姓組番、書院番、新番、小十人組の、謂《いわゆ》る〝五番方〟で構成されている。

大番はその中で最も成り立ちが古く、他と違って唯一、将軍の本陣備《ほんじんぞなえ》ではなく先手備《さきてぞなえ》であるゆえ、若年寄支配ではなく、老中支配となっていた。

ゆえに、将軍の声がかりで始まった、番方武士の腕自慢に対する聞き書きについても、老中が人選の判断を下すのである。

小姓組、書院番とは同列に語れぬわけだ。

重兵衛もその辺りは不満に思ってはおらぬであろう。

「これまでのように、ただ黙々と御役を務めさせていただくのみにございまする。何の苦労もござりますまい」

な」

鷹之介は明るい表情で応えたが、

「御老中は、こ度の聞き書きによって、ある懸念を晴らしておきたいとの仰せで

周防守は、しかつめらしい表情を崩さなかった。

「ある懸念、でござりまするか……」

「いかにも。世間には広く知られておらぬのじゃが、大番の中でいささか不審なこ

とが起こっていてのう……」

組内の稽古で、番士に死人が出ているのだと周防守は言う。

亡くなったのは番士の若狭録之助《わかさろくのすけ》なる者であった。

歳は二十八。性穏やかにして、忠勤に励んでいた。

武芸にも熱心で、剣持重兵衛が自分の屋敷内に開いた武芸場に、番士達と共に通

い、その薫陶《くんとう》を受けていた。

ところが、ここで組太刀の稽古をしていた時、型の一刀をよけきれず足をすべら

せ転倒し、当りどころが悪くて、命を落としたそうな。

武芸の稽古中に、不慮の事故によって死ぬ者は時折ある。

ましてや番方武士は、戦時の折には命を投げ打つ武官である。

他の役人と違って、日頃から命をかけて自分を鍛え、いざという時に備えねばならないから危険は付きものなのだ。

重兵衛は録之助の死を悼《いた》んだが、

「わたくしの指南が手ぬるうござりました。武士たる者はいつ何時でも命を捨てる覚悟がのうてはなりませぬ。それゆえ日頃から、気を張り詰めて稽古に臨まねばなりませぬ。されど若狭録之助には気の緩みが生まれていたようでござる。これは、組内の者を日頃から鍛えている、この剣持重兵衛に気の緩みがあったのと同じことにて、恥入るばかりにござりまする」

生半な想いで稽古に臨むとこのような事態になると自省しつつも、録之助に対して厳しい目を向けたものだ。

録之助には、丑之助《うしのすけ》という弟がいて、すぐに若狭家を継ぎ、番士の役目をしっかりとこなしているというから、大番そのものに影響は及んでいない。

しかし、以前から剣持重兵衛の組では、猛稽古に励むゆえに怪我をし、それが因《もと》で隠居をした者が数人いた。

そのため、十四、五歳で跡を継ぐ者もいて、これは過剰な修練ではないかと指摘する、他の番頭もいた。

彼らの意見は、老中・青山下野守《あおやましもつけのかみ》にも聞こえてきた。

下野守はこれを放っておくことも出来ず、大番の番頭達を召して、

「大番での武芸鍛練は、真に感心なものじゃと聞き及んでいるが、いささかそれが度を越して、勤めに障りが出ているというむきもあるが、いかがなものか」

と、問いかけた。

大番は十二組あり、各番頭は役高五千石の大身でそれなりに権威を備えている。

二組の番頭は、剣持重兵衛の武芸鍛練に対する情熱は称えられるべきではあるが、これを他の組が真似るのはよろしくないと主張した。

しかし、大半の番頭は、重兵衛の効果が大番全般に及んでいるのは頬笑ましいことだと捉えていた。

そもそも大番は戦時においては先備を務める旗本の軍団なのだ。

「日々戦とこそ思い、武芸の修練を積まねばなりますまい」

「確かに他の番方と比べると、稽古における怪我人は多いかもしれませぬが、それ

が番士達の誇りでござる」

「勤めに障りが出てはならぬという、御老中の御気遣いは真にありがたいと存じまするが、これといって差し障りが生まれた覚えはござりませぬ」

「ここで武芸鍛練に手加減などを加えまするど、番士の士気が下がるやもしれませぬ」

「それが何よりも恐ろしゅうござりまする。どうか、御気になさりませぬように願いまする」

「御懸念には及びませぬ」

大番頭達は口々に言った。

話すうちに気分が昂揚してきた者もいて、言葉が熱を帯びてきた。

こうなると下野守も、それ以上は追及出来ず、

「左様か。それならばよいが、武士の魂を持つ者は、えてして無理をしがちじゃ。いざという時に一兵も損ぜぬのが、兵を任された者の務めでござるぞ。その辺りにも目を向けてもらいたい……」

ひとまずは、そのように申し渡して済ませたものの、

「番頭達が、隅々にまで目を光らせることはあるまい。これではまた、若狭録之助のような者が出ぬとも限らぬ。困ったものじゃのう」

下野守は、京極周防守に洩らしていたという。

周防守が見たところ、

「大番頭の中で、真に武芸に通じているのは、昨今の大番の武芸鍛練に危うさを覚えている、二人だけなのであろうのう」

大番頭は、その下の組頭達に番士については任せている。

自分が稽古をするわけではないゆえ、そのような勇ましいことを言えるのだ。

しかし、番頭となった今も稽古を欠かさぬ者は、武芸場で何が起こり易いか、どのような苦難に番士が直面するのかが、よくわかっている。

それゆえ、剣持重兵衛に引きずられて、過激な稽古に身を置く者達の危うさを憂えて、老中に告げたのだ。

それによって、老中の口から件《くだん》の訓示を引き出せたのは幸いであった。

異を唱えた番頭の組は、他の組に引きずられず、当を得た稽古を番士に課すことが出来るからだ。

そもそも武士は戦えるのが当り前で、その鍛練は各々が自分の裁量でするべきものなのだ。

だが他の組は、いつしか定着してしまった、組頭を中心に番士達が寄り集まってする稽古がそのまま続いている。

しかも、老中に釘を刺されたゆえに、何か事故が起きても、それを表に出さず隠《いん》蔽《ぺい》せんとする体質が生まれる恐れがある。

番頭達は威勢よく号令だけをかけているが、いかなる責めも負いたくはないのだ。

かといって、老中がこのような仕組の末端の事情にかまけてはいられない。

そこでとびついたのが、こ度の番方の旗本に対する、武芸帖編纂所からの聞き取りであった。

新宮鷹之介が、将軍・徳川家斉からの覚えめでたいのは、老中として把握している。

閑職の長に封ぜられ、世を拗ねていると思われがちであるが、この機にここであらゆる武芸を修得して、来たるべき時の到来に備えていると、近頃では鷹之介を認める声が方々から聞こえてくる。

その鷹之介が聞き取りに当ることで、剣持重兵衛と接触し、決して挫《くじ》けぬ正義でぶつかれば、閉ざされた大番の武芸の実態を明らかにすることが出来るのではないか——。

そこで下野守は、本来ならば番士の中から武芸優秀の者を選ぶべきだが、

「それでは、誰を選んでよいかわからぬほどに、大番の者達の武芸はしっかりとしている。ここはやはり、剣持重兵衛しか思い浮かばぬ……」

と、表向きの理由を付けて、周防守に託してきたのである。

「それでも言うは易しじゃ」

周防守は渋い表情で、鷹之介を見た。

いかに鷹之介が硬骨漢で、この二年の間、時に家斉の密命を受け、市井にあって大暴れしてきたとはいえ、そのような実績は表沙汰にされていない。

「武芸帖編纂所？　新宮鷹之介？　ふん、何するものぞ」

重兵衛はそのようにしか見ておらぬであろう。

その上に、番士達も彼を神仏のように崇めている者が大勢を占めている。

いかな鷹之介とて、大番の闇を暴き出し、その問題点を是正することなど出来る

はずがない。

「頭取、そちの目から見て、得心《とくしん》できぬことがあれこれあるかもしれぬが、無理はせぬがよい。剣持重兵衛は決して無頼《ぶらい》の輩《やから》ではないのだが、そこに行き過ぎたところがあるのなら、それをうまく正さねばならぬのは御老中の務め。その一助になれば、それでよいのじゃ」

周防守は言葉に力を込めた。

その意味合いは、鷹之介にはよくわかる。

「畏まりました」

鷹之介は静かに応えた。

「武勇に名高き剣持重兵衛殿についての聞き書きとなれば、これほどの楽しみはござりませぬ。とは申せ、わたくしがいたすことは、いつもと変わりませぬ。ただ彼の御仁に会うて、その武芸鍛練についてのお話を伺うのみでござりまする」

「うむ。それでよい」

周防守は、初めて笑顔を見せると、

「聞き書きを終えた後は、剣持重兵衛相手の三番目の勝負となるは必定《ひつじょう》。相手は手強いが、勝って己が無力さと自惚《うぬぼ》れに気付かせてやるがよい」

いつになく気を昂ぶらせつつ、鷹之介に申し付けたのである。

二

「まず当り障りのないように聞き書きをすませてしまうことですな」

話を聞いて水軒三右衛門は、頭取・新宮鷹之介に進言した。

「こ度の聞き書きをよいことに、頭取を伏魔殿《ふくまでん》に潜入させようとは、御老中もなかなかにしたたかでござりまする」

というのである。

これには松岡大八も神妙に頷いて、

「何よりも気になるのは、三番目の勝負に何として勝つかでござるな」

と、興奮気味に言った。

三右衛門も大八も、剣持重兵衛の剣名は聞き及んでいた。

大番の番士達が、彼を敬うのは無理からぬことであるし、重兵衛に剣を習い、彼の信者になるのも当然の流れかもしれない。

そういう集団は、総じて外部の者を受け付けないものだから、下手に関わると疲れてしまう。

それよりも、重兵衛との仕合を制して、鷹之介の実力をさらに世に問うことに、全力を尽くすべきである。

編纂方二人の意見はそこに行きついたのであった。

「三殿、大殿、まだ仕合をすると決まったわけではない……」

鷹之介は苦笑いを浮かべつつ、重兵衛が遣う小野派一刀流の組太刀を再現し、彼の太刀筋を探らんと、早速動き出した二人の厚意をありがたく受け止めていた。

とはいえ、剣持重兵衛との対決を頭に思い浮かべていては、それが顔に出るやもしれぬ。

そうなっては、伏魔殿の鬼達を刺激することになりかねない。

今は素直に重兵衛と話が出来る喜びを味わおうと、鷹之介は自分に言い聞かせるのであった。

九月一日をもって袷《あわせ》を着用し、九月九日の重陽《ちょうよう》の節句から綿入りに移る。

重陽の節句は、江戸幕府の年中行事における最後の節句であり、武家にとっては重要な祝日となる。

盃に菊花を浮かべて飲み、栗飯を食べる。

武芸の師にも祝賀の挨拶に行くゆえ、鷹之介は九日が過ぎて、落ち着いた頃を見計らって剣持重兵衛を訪ねることとした。

もちろん自身も、新宮家と武芸帖編纂所において祝賀の儀を済ませたが、後に大事を控えるゆえに、今年の重陽の節句は落ち着かぬ一日となった。

ともあれ、剣持重兵衛ほどの武芸熱心となると、祝日に浮かれることなく、翌日からはいつものように稽古に励んでいるはずだ。

鷹之介は身軽に訪ねたかったが、

「御組頭のお屋敷となればそうもいきませぬぞ」

老臣・高宮松之丞の進言を容れ、松之丞、若党の原口鉄太郎、中間の覚内を供に連れ、十日に訪ねることとなった。

剣持邸は、番町《ばんちょう》にあった。

江戸城西方に広がるこの武家屋敷街は、幕府の中堅幹部の住まいが、これでもかというほどに軒を並べている。屋敷に表札など無いゆえ、どこがどこだかわからなくなる。

予《あらかじ》め入念に位置を確かめてきたとはいえ、いざ歩いてみると迷いそうになった。それでも、方角を読むのに巧みな覚内のお蔭で、鷹之介一行は昼過ぎには無事に到着することが出来た。

案内を乞うと、鷹之介は丁重に迎えられて、長屋門を入ったところに設えられている武芸場に通された。

門を潜れば、面倒な挨拶ごとは抜きにして、誰でも武芸場に入り稽古が出来るようにとの配慮がなされているようだ。

武芸場には見所に続く書院があり、剣持重兵衛はそこに鷹之介を招き、対面をした。

「武芸帖編纂所頭取・新宮鷹之介でござりまする。本日は御意を得まして、恐悦《きようえつ》に存じまする」

鷹之介が一通りの挨拶をすると、

「剣持重兵衛でござる。ははは、そのような改まった挨拶は御無用に。まず屋敷内でお寛《くつろ》ぎいただこうかと思うたが、まどろこしいことは抜きにして、頭取と語り合うには、武芸場が何よりと存じましてな」

重兵衛は、会うや否や豪快に笑ってみせた。

立居振舞に無駄がなく、磊落《らいらく》ではあるが節度がある。

しかも腕が立つとなれば、この人についていきたいと番士達が思う気持ちはよくわかる。

重兵衛は、既に小姓組番、書院番の武芸達者が、鷹之介の聞き取りを受けた後、御前仕合となったことを知っているはずである。

となれば、対決を意識して、初めから鷹之介に厳しく接するかと思えば、

「噂は聞いておりますぞ。武芸帖を編纂するからには、誰よりも武芸を身に付けておらねばなるまいと、日々稽古に励んでいる……。それでこそ頭取であると、感じ入っていたところでござってな」

などと言って、武芸帖編纂所については、

「真にありがたい役所ができたと喜んでおりましたぞ」

その存在意義を称えてくれた。

鷹之介も悪い気はしなかった。

武芸帖の編纂など、取るに足りないと思っているのかと思えば、

「これまでひたすらに武芸に打ち込んできた者の魂が、武芸帖に記されることで、浮かばれると申すもの」

と、まず熱く語ってくれた。

その上で、

「某は、頭取の御父上を武士の鑑じゃと思うて参った」

父・新宮孫右衛門が、将軍・家斉の鷹狩に警固として随身《ずいじん》し、何者かと交戦した上でこれを追い払い討ち死にを遂げた話を持ち出して、〝武士の鑑〟と持ち上げた。

——これはまた、丁重なる歓迎じゃな。

鷹之介は苦笑いを禁じえなかったが、それがおだてでないことは、重兵衛の表情を見ればわかる。

「英傑の子息が、父親より尚、武芸に励む姿ほど美しいものはござらぬ」

彼は武士の本分は、

うございまする」

「これは畏れ入りまする。わたくしのことなどはさておき、御組頭のお話を聞きと

鷹之介は重兵衛に圧倒されてしまい、なかなか言葉を発せず、

と考えているようだ。

「死ぬことである」

よきところで威儀を正した。

「ははは、これはしたり。左様でござったな」

重兵衛は野太い声で応えると、よく引き締まった体を揺すった。

「今さらながらのお訊ねになると存じまするが、何卒御容赦願いまする」

鷹之介はまず気遣いを見せた。

「いやいや、これは上様からのお達しと聞き及んでござる。某がいかに日頃から武芸に励んでいるのかを頭取に書きとめてもらうことで、番方武士の励みになれば、これほどのことはござらぬ」

重兵衛は上機嫌であった。

番方武士とは言っているが、重兵衛は大番の地位向上を誰よりも願っていた。

大番は、成り立ちは〝五番方〟の中ではどこよりも古いが、小姓組、書院番の〝両番〟に比べると、格が一段下とされていた。

ゆえに、〝両番〟の番衆と違って、番士が出世を遂げるのは稀であった。

重兵衛はそれを何よりも、無念に思っているのである。

こうなれば大番が歩む道はひとつである。

どの組もが一騎当千《いっきとうせん》のつわもの揃いで、いざとなれば大番こそが頼りになる存在であると、世間に知らしめるべきだと考えていた。

武をもって仕えているのであるから、武をもって浮かびあがる。

そこに活路を見出すべきだというのだ。

とにかく、剣持重兵衛は思いの外、新宮鷹之介に対して友好的であった。

小姓組、書院番なにするものぞという想いが強い彼にとっては、華々しくはないが地道に武芸に励む鷹之介が、小姓組出身の中でも頰笑ましく思えるのであろう。

さらに、父・孫右衛門の討ち死にが、彼の武士としての心をくすぐるらしい。

まずは、ほっと一息ついた鷹之介は、

「それでは、武芸場での稽古の様子を拝見仕りとうござる」

すんなりとことを運ぶことが叶ったのである。

三

書院から見所へと案内された鷹之介は、低く唸った。

武芸場の稽古場には、他の組から稽古に参加している者も含め、三十名ほどがいて、粛々と木太刀を揮っていた。

一同は、重兵衛の姿を見ると、一斉に恭しく礼をして、また稽古を続けた。

市井の剣術道場とは違って、ここにいる三十人は皆、二百石取りの旗本である。

剣術師範に習いに来ているのではなく、同じ大番の番士としての連帯によって互いの武芸を鍛えんとする意欲が窺える。

師範に相当する重兵衛は、凶悪な盗賊を二人斬り倒し、三人に手傷を負わせた凄腕の組頭で、彼らは学ぼうというのではなく、彼についていくことで、術を身に付けんとしているように見える。

「某がいかに武芸を磨かんとしているかと問われれば、日々この武芸場に集う番士達と共に、苦しい稽古に堪《た》える。ただそれだけにござる……」

重兵衛は、鷹之介にそのように告げると、

「さて、組太刀と参ろうか！」

彼は番士達に号令をかけ、自ら木太刀を手に稽古場へ降り立った。

「ははッ！」

番士達は力強く応え、

「お願い申しまする！」

次々に重兵衛に組太刀の相手を願った。

阿吽《あうん》の息で、番士達は自分の番が巡ってくる間合を読んでいて、それまでの間は、番士同士で型稽古を続けていた。

「よし！　参れ！」

重兵衛はまず仕方を務めた。番士が打方として繰り出す技を受け、仕方の技を決めるのだ。

これはすべて型通りにするものである。

ゆえに本来ならば、互いの木太刀が体に触れることはない。

重兵衛はさすがの鋭い太刀捌きで、小野派一刀流の組太刀の技を次々に決めていく。

彼の木太刀は相手の面、小手にぴたりとつけられ、組太刀の意義がはっきりとわかる。

ところが攻守を代えての組太刀となると、そもそも打方の技はわかっているゆえ、仕方は難なくかわしたり、打ち払ったり出来るはずなのだが、ここで行われる組太刀は間が早く、重兵衛の打ち込みが鋭いので仕方はそれについていくのが精一杯で、技を決め切れない。

時にはよけ切れずに、体にかすったり、僅かに当ったりするのだ。

「稽古が足らぬぞ！」

その度に重兵衛の叱咤がとぶ。

「真剣での組太刀ならば何とする！」

そして、組太刀を一通り終えると、相手はすっかりと息があがっているのである。

立合をしているわけではないのだが、組太刀でここまでの緊張を漂わせるとは、

――武芸に対する恐るべき執念を覚える。

そのように思わずにはいられなかった。

型や組太刀をしたとて、実際に刀を抜いての立合となれば、何の役にも立たぬという者も多い。

だが、鷹之介はこの組太刀によって目が開かれた。

予め決められた太刀筋をなぞるだけの型稽古と違って、実に充実をみせている。

そして早い間合で打ち合う組太刀は、まるで立合を見ているかのような錯覚に陥る迫力がある。

決まった技を打ち合うだけの組太刀を、ここまで昇華させた剣持重兵衛は、武芸者として尊敬に値する。

組太刀が形骸化する中、これを究極まで早間で打ち合い、体に叩き込む稽古として新たな息吹を注入したのには恐れ入る。

重兵衛は、番士達全員を相手に稽古をした。

終ってみれば、さすがの彼も魂を抜かれたような疲労に襲われていた。

決して長い間の稽古ではないが、木太刀で次々と打ち合うとなれば、気が張り詰めるので相当な気力が要るのだ。

「まず型稽古はこのように済ませてござる」

感じ入る鷹之介に、重兵衛は息を整えながら言った。

「いかがでござるかな」

訊ねる声は自信に充ちていた。

「これはまた、結構な組太刀を拝見仕りました……」

鷹之介はつくづくと感心しながら応えた。

「これならば型や組太刀をいたす意義も出て参りましょう」

「ははは、まるで自儘《じまま》に打ち合《お》うているかのようでござろう。これが大番の型稽古でござる」

剣持家の武芸場は、先代当主の時から建てられていたそうな。

「このような組太刀が生まれるまで、それなりの暇がかかっておりましてな」

まだ父親が健在の折から、重兵衛はいかにすれば型稽古を実戦に近いようにこなせられるかを考えた。その結果が、このような緊迫した組太刀を生んだのである。

鷹之介は、重兵衛の考えはよくわかるし、武芸者としては天晴れなことであるが、

――なるほど、この稽古ならば、いつ死人が出たとておかしゅうはない。

一方ではそのように思っていた。

若狭録之助なる番士が命を落したのも、今の組太刀についていけなかったゆえであろう。

武芸者としては素晴らしい稽古法であっても、宮仕えをする身にとっては危険極まりないものだといえる。

しかし、当の重兵衛は、鷹之介が感じ入っているのを見て、嬉しくなったようで、

「頭取におかれては、何か聞いておきたいことはござらぬか？」

満面に笑みを浮かべて、鷹之介に問うた。

「聞いておきたいこと……」

鷹之介は逡巡《しゅんじゅん》した。

ここで録之助の一件について問えば、聞き書きに来た本来の目的は、それを探ろうとしてのことだと捉えられかねない。

自分としては何と思われてもよいが、へそを曲げられて、今日一日だけで聞き書きが終ってしまっては、若年寄・京極周防守への申し訳が立たない。

とはいえ、自分も一役所の長である。いかに倍の禄を食《は》む剣持重兵衛が相手とは

いえ、心に疑念を持ちつつ、このままおだてたままで引き下がるのも傍ら痛い。

ここは、今見たままの感想を述べ、心に引っかかったことを、素直に重兵衛に報せるべきだと考え、

「ひとつ気になることがござりまする」

と、重兵衛に投げかけた。

見所での声は、稽古場で束の間休息する番士達の耳にも届いたようで、数人が怪訝な顔を一斉に向けてきた。

重兵衛はまったく動じず、

「ひとつだけではござるまい。幾つでも申されい」

と、鷹之介に頷いた。

「畏れ入りまする……」

鷹之介は姿勢を正して、

「御組頭にとっては、よい鍛練かと存じまするが、今の稽古を拝見仕るに、何度かはらはらとさせられました」

「はらはらと……。ふふふ、頭取はおやさしゅうござるな」

「木太刀がよけきれずに、何度かお相手が、体を痛められた由」

「うむ、実におやさしい……」

重兵衛は、それを鷹之介のやさしさと受け止めて、

「とは申せ頭取、武芸の鍛練に怪我は付きものでござろう。頭取とて、これまでに命をかけた稽古を積まれてきたはず」

「いかにも」

「そういう頭取から見れば、先ほどの組太刀など取るに足りぬほどの危なさではござらぬか」

「仰せの通りにござりまするが、それは、一人の武士としての想いにござる」

「はて……？」

「某がこの度、支配より仰せつかりましたのは、番方の御家来衆が、いかに御役目のために、武芸の研鑽をなされておいでかを聞いて参れとのことにござりまする」

「そのように聞いてござるが」

重兵衛は首を傾げた。

「拝見仕ったところ、御組頭の腕のほどは、お噂にお聞きいたしておりました通り、

凄まじきものにござった」

「これは畏れ入ってござる」

「某とて、なかなかあの組太刀にはついていけるものではござりませぬ」

「それは御謙遜……」

「いえ、心よりそう思います」

「ははは、まずそれはさておき、ついてこられぬ者にとっては、確かに危険極まりない稽古かもしれぬ」

「これでは、大きな怪我をする方も出てくるのではないかと」

「それを恐れる者は、ここには一人もおりませぬわ。そうではないか！」

重兵衛は、いつしか二人の話に聞き入っている番士達に声をかけた。

「ははッ！　誓ってそのようなことはござりませぬ」

「我が不甲斐なさゆえの頭取のお気遣い、面目次第もござりませぬ」

番士達は口々に応えた。

鷹之介は言葉に窮《きゅう》した。

取りようによっては、番士達が武芸未熟であると言っているようなものだ。

「方々の腕がよいゆえに案じているのでござる。そこを取り違えられぬように願いとうござる」

練達の士が技を高め合うと、きりがなくなる。

どんどんと高みに上り、思わぬ事故に繋がるものである。

鷹之介はそのように説いた。

「おお、左様か。皆、頭取にお誉めいただいたぞ。冥利《みようり》じゃのう」

重兵衛は、相変わらず動じない。

鷹之介が言わんとしている意味合いはわかるが、自分達には無縁のものだと思っているらしい。

「稽古に熱が入り、危うさが増し、怪我人が出る。となれば、番方の勤めに障りが出ましょう。それでは、いくらよい稽古とて、かえって番方の武芸を高める上での妨げになるのではないか……。某は、それが気になったのでござりまする」

鷹之介は尚も続けた。

これが、老中・青山下野守が抱いた危惧のあらましである。

ひとまず告げたことで、鷹之介はひとつ役目を果した。

「なるほど、難しゅうござるな。武芸上達を目指すあまり、大番の兵力が削がれてしもうては何もならぬ、頭取はそのように申されるのじゃな」

「恐れながらそのように……。御無礼の段は平に御容赦願いまする」

鷹之介は畏まってみせた。

重兵衛は、しかつめらしい顔となり、しばし腕組みをして物思いにふけった。

何に対しても物怯《お》じしないだけの度量を備えている鷹之介であるが、この沈黙には緊張を覚えた。

武芸場に並み居る番士達は、重兵衛の号令ひとつで命を投げ出さんばかりの勢いであるのがわかる。

その辺りの鷹之介の心情を読んでの沈黙であろうか。

そんな駆け引きは無用だと思った途端、

「はははは……、頭取は返す返すもおやさしい御仁じゃ」

重兵衛は、また笑い出した。

「大番の兵力が削がれるなどということはまずござらぬ。考えても見られよ。旗本の子弟には、御役に就けぬ者がごまんとござる。いくらでも代わりは見つかりましようぞ」

これには、番士達も失笑した。

「いくらでも代わりはござりまするか……」

鷹之介は呆気にとられた。

「御懸念には及び申さぬ。某の許で稽古をする者は皆、身に万一のことあらば、すぐに跡を継げる者を備えておりまする」

重兵衛の言葉に番士達は、一様に頷いた。

「なるほど、左様でござりまするか。絶えず命がけの稽古をいたした上で、もし命を落したとしても本望であると……」

そういう考え方もあるのかと、鷹之介は嘆息《たんそく》した。

「いかにも。生ぬるい稽古に時を費したとて、それが何になろう……。味方の屍《しかばね》を乗り越えて戦い抜くのが我ら番方の本分ではござらぬかな。幸い今は天下泰平の世が続いているゆえ、日々何人もの味方を失うこともござらぬ。稽古で命を落す者がいれば、それは武運がなかったと諦め、残った者が力を合わせて、いざという時のために備える。それが我ら番方武士の心意気かと存ずる」

重兵衛は言葉に力を込めた。

またも頷く番士達の気合が武芸場に充満していた。

番士達は皆、重兵衛に心酔している。

「このようなことを申しては、頭取を怒らせるかもしれぬが、貴殿の御父上は己が命を投げ打って、上様を御守りするという武士の大義をまっとうされた。そして、その死によって空いてしもうた小姓組の穴を、新宮鷹之介殿が見事に埋められたではござらぬか」

そして、重兵衛がそのように語ると、皆一様に感じ入って、鷹之介のこれまでの苦難の道を労うかのような目を向けたものだ。

華々しく散ってこそ武士《もののふ》だ――。

ここにいる連中は誰もがそう思っているらしい。

だが、この中に親兄弟を失った者が、何人いるというのだろう。

確かに父・孫右衛門の死を、鷹之介は誇りに思っている。

しかし、壮年の父が死を遂げた時の無念や悲しみは、

「真にお見事なる御最期でござった」

と、どれだけ称えられようが、消えるものではなかった。

しかし、ここではそれが正義としてまかり通っているならば鷹之介には最早言うことなどない。

「それだけの御覚悟をもって、厳しい稽古に日々臨まれている……。本日はまず、そのように書き留めておきまする」

鷹之介はそう告げて、この日の聞き書きを終えたのである。

四

次は四日後に、再び剣持邸の武芸場に重兵衛を訪ねることとなった。

「その折は、型、組太刀ではのうて、立合をお見せいたそう」

重兵衛は、そのように告げた。

「頭取にはまた、危な過ぎるとのお叱りを受けるやもしれぬが、頭取ほどの腕の持ち主ならば、きっとわかってくださろう。なかなかに身になる稽古でござるぞ」

鷹之介は、重兵衛の物言いに先ほどよりも幾分敵意が含まれているのを覚えたが、

そこは聞き流し、

「某も、楽しみにいたしておりまする」

辞を低くして応えたものだ。

常識やものの価値観が、同じようでまったく違う――。

鷹之介は、そのもやもやとした想いを、早く鎮めて頭の中を整理したくなっていたのである。

しかし、重兵衛はすぐには帰してくれなかった。

「頭取はもしや、先般稽古中に亡くなった若狭について、何か不審に思われているのではござらぬかな」

それまではまったく口に出さなかった、若狭録之助の話を、重兵衛はそこで持ち出したのだ。

――これは、余計な話をしてしもうたかもしれぬ。

鷹之介は、重兵衛が録之助については何も触れぬのを幸いに、少しばかり稽古の危険を指摘し過ぎたかもしれぬと悔んだ。

重兵衛はそれなりに勘が鋭い。

若狭録之助が死んだ後、番頭達が老中に呼び出されたことも知っている。

老中が密かに若年寄に手を廻し、支配である京極周防守から、新宮鷹之介による
この度の聞き書きを利用し、大番の内情を知ろうとしているのではないか――。

そこに想いが及んだのかもしれなかった。

そして、このように大上段に振りかぶられては、後の話を聞き出しにくくなる。

「若狭……？ と申されまするると……？」

それでも鷹之介は動じず、空惚《そらとぼ》けることが出来る貫禄をいつしか身に付けていた。

武芸帖編纂所の聞き書きには、何ごとも丁寧に応えるようにと、重兵衛は支配から命を受けている。

「若狭録之助でござる。この武芸場で稽古中に、組太刀で足を滑らせ、その打ちどころが悪く、はかなくなり申した」

いちいち応えるしかない。

「そのようなことがござりましたか……。最前、某が危惧いたしておりましたことが、真に起こっていたのでござりまするな」

鷹之介はどこまでも知らぬ顔をした。

そうすることで、自分はあくまでも上意をもって、武芸抜群の誉が高い剣持重兵衛殿が、いかなる修練を日々積まれているかの聞き書きに来ているだけなのだという立場を守らんとしたのである。

稽古の危険さは、それなりに武芸を修めた者であれば一目瞭然であり、聞き手として気になったことを問うのは当り前のことなのだから。

重兵衛は、鷹之介という武士は直情径行で正義感に溢れていると聞いていたが、意外にしたたかなところがあるのだと気付かされた。

鷹之介の気性をうまく衝いて、自分が今まで大番で築いてきた地位を貶《おとし》めんとしている者の有無を明らかにせんとしたのだが、うまくかわされた想いであった。

こうなれば、新宮鷹之介を動かせばよい。

この情熱に溢れた頭取を動かせば、自分に不満を持つ番士は、鷹之介に近付くのではなかろうか。

それが誰かを知り、今一度、大番の結束を強化しておく必要がある。

「とは申せ頭取、これも先ほど申し上げたように、録之助の死によって空いた穴は、弟の丑之助によって、しっかりと埋まっておりまするぞ」

と、自ら話を持ち出した。

「弟の丑之助殿が……」

「いかにも。我らは録之助の死を悼みながら、丑之助が兄以上の剣士になり、番士の中で名を成せるようにと、共に修練をいたしてござる。それが何よりも録之助への供養となると思うております」

「それは重畳……」

「頭取の目で、今の丑之助の充実ぶりを見てやってもらいたいものでござるな」

重兵衛は、さらにこちらで手はずを整えるので、是非会ってやってもらいたいと鷹之介に願った。

次の聞き書きは四日後である。

その間に、録之助の跡を継いだという丑之助に会っておくのも悪くない。

重兵衛が会ってやってくれという限り、丑之助も今では重兵衛の信者になっているのに違いない。

しかし、会って話せば少しでも兄の無念を口にするかもしれない。

鷹之介は、会っておこうと思い立った。

「しからばそうさせていただきましょう。丑之助殿の姿に触れたならば、御組頭が申されたことが、よりよくわかるでしょう。某も、大番の方々とは懇意に願いたいと思うてござりますれば」

「そうありたいものでござるな」

重兵衛は、少し探るような目を向けたが、

「ははは、頭取は思うたことを、そのまま伝えてくださるゆえありがたい。我ら大番の結束が強いゆえ、このところは誰もが当り障りのない言葉ばかりを並べる。それではいつまでたっても、大番は、小姓組と書院番に後れをとるばかりでござるゆえにな」

再び豪快に笑いとばすのであった。

五

その夜。

新宮鷹之介は、武芸帖編纂所の書院で、水軒三右衛門、松岡大八、中田郡兵衛、

お光と共に夕餉をとり、そこへ高宮松之丞を呼んで、この日の次第を語った。

頭の中に漂う靄《もや》が、なかなか消えず、久しぶりにここで賑やかに話せば、気も晴れると思ったのである。

編纂所の面々も、鷹之介の三番目の相手が、伝説となっている凄腕の士であると聞いて、随分と気になっていた。

それゆえ、鷹之介の今日の話を聞くのは楽しみであったのだが、

「何やら不気味なところでござるな」

大八が眉をひそめた。

「ふふふ、死ぬことが武士の大義である、か」

三右衛門は苦笑した。

武芸を志す者が、一度は陥る思考であると言うのだ。

武芸などは所詮、殺し合いから生まれたもので、鍛えた術が生かされた時、人の血が流れる。

それが自分の血かもしれぬわけであるから、誰もが斬られる恐怖から逃れるため、

「死なば本望」

という思考をもってしまうのである。

「まず、わたしが書こうとする読本などには、忠義を貫いての討ち死にが幾度も出て参りますからな」

読本作者・中田軍幹《ぐんかん》こと中田郡兵衛は、死を美化する風潮は、宮仕えをする武士ほど強いのでしょうと、小さく笑った。

「お武家様の気持ちはよくわかりませんねえ……」

給仕に張り切るお光は、しきりに首を振ってみせたが、

「お前も、海女《あま》をしていた頃は、何度か溺れそうになったであろう」

大八は少しからかうように言った。

「そりゃあ何度もありましたよ」

「だが、死んだってあそこまで潜ってやると思うていたはずだ。相手が海か人かの違いさ」

「よくわからないたとえですよう」

そんな二人のやり取りを見ているうちに、幾分気分が和らいだが、

「剣持殿の考えには頷けるところが多い。皆がそう思うゆえに、あの御方には人が

集まるのであろう。だが、どうも、な」

相変わらず鷹之介はそれが解せないのだ。

「その殿様の許に、そんなに人が集まるんですか？　あたしにはさっぱりわかりませんねえ」

酒を注いで廻りながら、お光が言った。

「お光はそう思うか？」

「はい。あたしは女だからそう思うのかもしれませんがね。お前の代わりはいくらでもいる、なんて言われた日にゃあ、ふざけるなってところですよ」

「なるほど、お前の言う通りだ」

鷹之介は、ひとつ膝を打った。

お光の屈託のない物言いが、鷹之介の心の内を洗ってくれた気がした。

「それだ。おれもそれが気に入らぬのだ」

鷹之介の声が凛として透き通った。

死を恐れずに戦え。お前が不覚をとれば、その無念をきっと誰かが晴らすであろう。

剣持重兵衛が番士達にかけている号令は、確かに武士達の気持ちを昂ぶらせる。

だが、つきつめて考えると、お光が言った通りだ。

所詮、番士などは使い捨てにされる運命《さだめ》なのだ。

同じ使い捨てにされるなら、華々しく散った方がよかろう。

そういう投げやりな思考が働いている。

仲間意識を高めているようでいて、

「お前の代わりなどいくらでもいるのだ」

と、同時に宣言しているようなものではないか。

「うむ。わかった。それがどうも、おれにとってはおもしろくないのだ」

鷹之介はしっかりと頷いた。

それでこそ我らが頭取だ——。

一同は皆、笑みを浮かべたが、この若き殿様がどこまで走り出すのかが気にかかった。

「殿のお気持ちはようわかりまする。さりながら大番の気風は、いかに殿が、この度の聞き書きを通して世に問うたとしても、変わるものではござりますまい」

高宮松之丞が、その想いを代弁した。

そもそも、件の武芸場に集うのは、御目見得《おめみえ》以上の歴《れっき》とした旗本達である。

本来、役付きの旗本同士は営中の秘事に触れることも多いゆえ、気軽に付合えぬ風潮があった。

しかし、剣持邸の武芸場は、武家屋敷内に剣術道場を別に構えているという体裁を整えている。

ゆえに、あくまでも武芸の鍛練のためだけに番士達が集まって、稽古に励んでいるわけであるから、誰もこれに異を唱えなかった。

番頭達も、

「剣持重兵衛に習えば、番士達がしっかりとする」

と、他の組であっても、非番の折に剣持邸の武芸場へ稽古に行くことを、むしろ喜んでいた。

それだけ、重兵衛の武名が響き渡っていることになるが、こういうことを許していると、狂信的な番士を生み出すものだ。

自分達と同じ考えを持たぬ者を認めず、人と違ったことをすると、これを許さず、吊るし上げるような、閉ざされた一団を彼らが形成したとしても不思議ではない。

鷹之介ならば、その一団に潜む闇を調べあげて、よい具合に支配に報せることであろう。

老中、若年寄はそのように見ているのかもしれないが、それだけですまないのが、鷹之介の身上《しんじょう》なのだ。

下手に首を突っ込むと、こ度ばかりは色んな意味で危ないと、松之丞は危惧するのである。

三右衛門と大八も同感ではあるが、

「若狭録之助殿の死には、そのような闇が関わっていそうですな」

「三右衛門の言う通りだ。不慮の死、とは言い切れぬような……」

そこへの興味も湧いてくる。

「御両所の申されることはもっともでござる。殿、御老中の御懸念を、殿のお言葉で剣持様にお伝えになられたのならば、それでひとまず御役目は果されたはずにござりまする」

「この上は、あまりむきになるな。爺ィはそう言いたいのか？」

「左様にござりまする」

「剣持様が、どのようにお考えになっているか。それを上様に申し上げるだけでようござりましょう」

「うむ、相わかった。ひとまず若狭丑之助殿に会うとしよう。剣持殿が是非にと申されているのを無下《むげ》にもできまい」

鷹之介はそのように応えて松之丞を宥《なだ》めると、

「お光、それでよいな」

いきなり意見を求められて目を丸くするお光を眺めて、にっこりと笑った。

六

「わざわざお越しくださり忝うござる……」

若狭丑之助は、丁重に挨拶をしたが、明らかに困惑の色が見えた。

新宮鷹之介の来訪は、組頭・剣持重兵衛から、その由が申し渡されていたので、丑之助としては粗略に出来なかったのであろう。

しかし、武芸帖編纂所の頭取は、重兵衛についての聞き書きをしているという。うっかりとしたことは話せなかった。

兄・録之助の死によって家督を継ぎ、大番に出仕した丑之助が、今ではすっかりと録之助が抜けた穴を埋め、番士として立派に勤めている。

その姿を頭取に確と見せることで、大番の意地を貫け――。

そのようなお達しであったが、丑之助にとっては真に厄介なことである。

兄・録之助は、昨年二十八歳の若さで亡くなった。

まだ妻帯しておらず、

「おれに何かあれば、丑之助、お前が跡を継いでくれ」

それが口癖であったが、まさか稽古の最中に亡くなって、現実になるとは思いもかけなかった。

丑之助は次男坊の身の上であるから、得意の剣術を鍛え、何れ《いず》かの家へ養子に入るか、剣客の道を歩むか、漠然とそのように考えていた。

兄を見ていると、大番での宮仕えはなかなかに大変そうで、自分は気楽な生き方が出来れば何よりだと思っていた。

剣術を得意とする丑之助でさえ、兄から大番での武芸鍛練について聞かされると、

「そんな稽古は時代にそぐわない」

剣持重兵衛の言うことに対して、疑念を抱いていたのだ。

それゆえ、兄の死によって二百石の大番衆になったとて嬉しくはなかった。

武士は日々命をかけて、武芸に励み、その気合をもって、お勤めをいたさねばならぬ――。

聞いていると確かにそれが武士として立派に思えてくるが、肉親を殺された無念は、どこへ向ければよいのであろうか。

とはいえ、若狭家を存続させるためには、自分も大番の一人として、歩調を合わさねばならない。

兄の死は、やむなく起こった事故なのだと思うしかなかった。

そんな折に、新宮鷹之介の来訪である。

丑之助の緊張は、生半なものではなかった。

重兵衛は、丑之助に踏絵《ふみえ》をさせるつもりなのであろう。

兄の死を恨んでいるならば、自ずと鷹之介には、今の大番のあり方を批判的に話

すであろう。

そんな挑発に乗ってしまうと、この先、丑之助の日々の勤めは、窮屈なものとなる。

「御組頭は、某が兄の跡を継いで立派に御役を勤めているところを頭取にお見せいたせと申されているようでござるが、見ての通りの不調法者《ぶちょうほうもの》でござる。立派といえるかどうかはわかりませぬが、某もまた兄同様、日々武芸に励み、大番の勤めをただひたすらに果しているところにござる」

丑之助は当り障りのない言葉を並べて、鷹之介との対面をすまさんとした。

「左様でござるか。それを聞けば、某がこの上何も問えるものではござらぬ」

鷹之介は、そのように応えるしかなかった。

〝兄の死〟について、会話の中に何度か出れば、丑之助の物言いに何らかの変化が生じるのではないかと思っていた。

しかし、丑之助は若さに似合わず、己が本音は覗かせなかった。

「ひとつだけ願いがござる」

鷹之介はにこやかに言った。

「何なりと……」

丑之助は素直に応えたが、鷹之介が何を言い出すか、不安げな表情である。

「若狭殿は屋敷において、型の稽古などをなされておいでのはず。それを拝見仕りたい」

「畏まってござる」

鷹之介の願いに、丑之助はひとまず屋敷の庭先へ出て、真剣による型の稽古を披露した。

一刀流のそれは、そもそも剣術自慢であった丑之助ゆえに、剣持重兵衛に鍛えられ、見事な剣の冴えを見せた。

「これはお見事」

鷹之介は、少し見れば丑之助の腕のほどはすぐにわかると、小半刻《こはんとき》（約三十分）も経たぬうちに演武を止めた。

彼が緑之助の代わりを立派に務めているのは確かである。

彼の腕前なら、重兵衛との組太刀においても、打たれることなく無事に終えられるであろう。

先日は、剣持邸の武芸場にいなかった丑之助であったが、重兵衛は彼の腕を認めているようだ。

しかし、兄を失った責めは重兵衛にあると、丑之助は自分に遺恨を覚えているのではなかろうか。

重兵衛は、そこが気になっていて、鷹之介を訪ねさせたのであろう。

そういう意味では、丑之助の鷹之介に対する接しようは巧みであった。

自分には兄以上の剣才があるゆえ、大番での厳しい稽古には難なく堪えられるゆえ、何も話すことはないという態度を貫いたのである。

「御組頭が仰せの通り、若狭殿は録之助殿の跡を継がれて間なしじゃと申すに、既に立派にお勤めをなされている由。お会いしてようわかり申した」

鷹之介は、そそくさと暇を告げた。

「畏れ入りまする」

さすがに、丑之助はほっとした表情を浮かべたものだが、

「とは申せ、某は録之助殿の死が残念でなりませぬ。討ち死にをなされたというならばともかく、いざという時に備えていたすす稽古ではかなくなったとは、さぞかし

御無念でござろう」

去り際にそのように伝えると、丑之助の体が思わず揺れた。

「忝いお言葉、兄も浮かばれましょう」

彼は平然としてそう応えたものの、胸の内にやり切れぬものを抱えているのが見てとれる。

鷹之介は余計なことを告げぬうちにと、若狭邸を辞した。

しかし、彼の心の内には言いようのない怒りが込みあげてきた。

丑之助は、一切、兄の死については触れなかった。

どのような稽古をしていて、どのように不覚をとったか、それを語ればやり切れなさがさらに募るからであろう。

鷹之介は、この度の聞き書きにおいて、若狭録之助の死については、詳しく聞かされていなかった。

稽古中の不慮の死。それを言い立てると、稽古に関わった者の肩身が狭くなるとの配慮であった。

しかし、それが剣持重兵衛との組太刀によって生じたのは容易に想像がつく。

思えば、あれだけ武士は散ってこそと語りつつ、重兵衛は自分が至らぬゆえ、稽古で配下の者を死なせてしまったと、自省の弁を述べなかった。

武道不心得な者は、死んで当然だと言いたいのであろうか。

若狭丑之助は、支配に対して言いたいことがいっぱいあるはずだ。

それを抑えて、重兵衛の組下で日々勤めるのは、さぞや辛いことであろう。

そこに気が至らぬのであれば、剣持重兵衛は真の武士とは言えぬ。

いったい今日の若狭邸訪問に何の意味があったのか――。

「お前はまさか、録之助のことで、おれに含むところがあるのではなかろうな」

そのような釘を刺したのだとすれば、

――何が賊を討ち倒した豪傑だ。あまりに心根が狭い。

豪傑と謳われ身の周りに人が集まったがために、豪傑として振舞わねばならぬようになったのかもしれない。

それはわからぬではないが、鷹之介は自分に若狭家への訪問を勧めた剣持重兵衛に、武芸帖編纂所頭取として、安く見られた心地がした。

「くだらぬ……」

番町の武家屋敷街を行きながら、鷹之介は吐き捨てた。

供の原口鉄太郎と平助が、主の不興を心配そうに窺った。

鷹之介は一刻も早く番町から抜け出さんと、走るように麴町《こうじまち》の通りに向かった。

この町全体が灰色に見えてきたのである。

しかしその手前の、広大な御用地が広がる辺りで、彼は何者かに後をつけられているような気配に襲われた。

——もしや、大番の者が、おれの様子を窺っているのか。

伏魔殿の異名をもとる大番である。剣持重兵衛の意を汲《く》んだ者が、鷹之介を見張っていたとしてもおかしくはない。

——無礼は許さぬぞ。

鷹之介はそ奴を捕え、事情を問うてやろうと、歩速を緩めた。

「頭取、ちとお待ちいただけませぬか……」

すると、鷹之介を呼び止める声がした。

「はて……」

鷹之介が振り向くと、灰色の町を背にして、若い武士が立っていた。その顔にはどこか見覚えがある。

「大番士・鈴木又右衛門《すずきまたえもん》にござる。無礼のほど、お許しくださりませ」

又右衛門と名乗った若侍は、その場で畏まった。

「おお、そういえば、先だって御組頭の武芸場にて……」

「これは忝うござりまする」

又右衛門の顔が綻《ほころ》んだ。

目許が涼やかで、若者になくてはならない純情一途といった表情は、鷹之介好みである。

それゆえ、先日件の武芸場に居並んでいた番士達の中で、鷹之介の心に残っていたのかもしれなかった。

「どうしようかと思い悩んだのですが、頭取にお話ししたいことがござりまして」

又右衛門は、はにかみながら告げた。

「左様でござるか。ここで立ち話もなりますまい。茶屋でも探しましょう」

鷹之介は、言うや否や彼を同道して歩き出した。

「御組頭にはこのことを……？」

「申し上げてはおりませぬ」

又右衛門は微行《びこう》姿であった。

「あまり人には聞かれとうない話のようで」

「はい……」

鷹之介はすたすたと大通りへ出て、手頃な掛茶屋を見つけ、そこへ又右衛門を誘った。

「若狭録之助殿の死については、未だ頭取の耳には何も……」

又右衛門は、低い声で問うてきた。

鷹之介はゆっくりと頷いて、

「某の役儀は、剣持重兵衛殿への聞き書き一件。若狭殿は稽古中に不慮の死を遂げられた……。それだけを知れば、深く問うこともないと存じておりまする」

「左様でござるか……」

「されど、鈴木殿が話しておきたいとお思いなら、謹んでお聞きいたそう」

「忝うござる」

「録之助殿は、剣持殿との組太刀によって命を落されたのですね」

鷹之介は、又右衛門の口から言いにくかろうと、自ら問いかけた。

「それが……、組太刀ではござりませぬ」

「となると、立合において……」

又右衛門は静かに頷いた。

彼がぽつりぽつりと話したところによると、若狭録之助は、剣持重兵衛の武芸指南に対して、以前から疑念を抱いていたという。

それは、鷹之介の想いと同じで、重兵衛は配下の者の命を危険にさらすことで、大番の栄誉を高めんとしているが、それはおかしいのではないかと考えていた。

重兵衛は、組のためを考えてと、己が屋敷に構えた武芸場に番士達を集めて稽古に励んでいると言う。

しかし、いつしかこの稽古は強制となり、ここでの集いが、番士達の暮らしを縛り始めていた。

ここに集う者達と、少しでも違う考えを持ったり、行動を起こした者を異端と捉え、それを許さぬ方向へと進んでいったのである。

大番士達は、先に出世の望みが薄い。しかし、自分達とてその存在を世に問いたい。

それが大番の結束と、いざとなれば最強の軍団であるという自負を持つことだと、剣持重兵衛の許で膨らんでいったのである。

自分の目標を自分で見つけられぬ者は、自分を枠にはめてくれるところを探すのだ。そうしておけば人に後れをとっていないと、安心出来るからだ。

そしてそういう連中は、支配する者にとっては好都合だが、下から這い上がっていこうとする優秀な者の芽を摘んでしまう。

若狭録之助は、誤った気風は若い者達で改革していかねば、かえって大番士の出世の妨げになると常々思案していた。

彼は勇気ある男であったから、剣持重兵衛にも自分の考えを伝えた。

「うむ、おぬしの言うことにも一理あるのう」

重兵衛はそのように応えたが、心の内では録之助を憎悪していたらしい。

ある日の稽古の折、

「録之助、何だその気合は。それではいざという時に御役に立てぬぞ！　おぬしは余計なことばかりに気がいって、本分が疎かになっておる！　おれが稽古をつけてやる！」

重兵衛は録之助の稽古を見て、突如怒り出して、録之助を相手に立合を始めた。

ここでの稽古は袋竹刀で、籠手と胴を着用するものの、頭には陣鉢を巻くだけのものである。

それゆえ、危険な状況になれば、練達者の重兵衛がその手前ですむように、立会うことにしている。

だが、重兵衛が相手となれば、横から止める者はいない。

稽古は、若い録之助から手数を出すのが礼儀だ。しかし、これをいなされるうちに疲れてくる。

「お前の剣はそれしきのものか！」

そして打ちに出たところを、重兵衛は胴の胸突きに強烈な突きを入れた。その勢いで録之助は仰向けに倒れ、頭を床で強打した。

「それが若狭録之助殿の死の真相でござる」

鈴木又右衛門は無念の表情を浮かべた。

「確かに稽古中の不慮の死には違いござりませぬ。されど、あれは組頭が気に入らぬ者を制裁したに等しゅうござる。ところがいつしか番士達は、型稽古でしくじり、若狭殿は亡くなったということにしてしまったのです」

録之助は足を滑らせて自ら頭を強打して死んでしまった――。

突き倒されたとしか見えなかったが、誰もがそう言うと、それが真実になってくる。

「頭取にとっては、聞きたくもない話であったかもしれませぬが、どうしてもお耳に入れておきたくなりました。どうしてくれとは申しませぬ。しかし頭取は、組頭に稽古について意見を述べられた、ただ一人の御方にござります。この後、頭の隅にでも大番が今どうなっているか、それをおわかりいただきたいのでござります」

そう言って、又右衛門は深々と頭を下げた。

「先ほども申し上げた通り、某は、剣持重兵衛殿が、日頃いかに武芸を鍛えられているか、それを聞き書きするのが、この度の役目だと思うております。大番のあり方をそこに問うのは、役儀の取り違えと存ずる」

「それは、ようわかっておりまする……」

「されど、某を見込んでお話しくだされたことは、ゆめゆめ粗末にはいたしませせぬぞ。どうぞこの先、お勤めに励んでくだされ」

「ありがたきお言葉……」

「この次は、また武芸場でお会いいたしましょうぞ」

「はい。御免くださりませ……」

又右衛門は、晴れ晴れとした表情を浮かべて立ち去った。

——やはり、若狭録之助殿の死には、そのような闇があったのだ。

鷹之介は不快極まりなかったが、大番の中に、若狭録之助や鈴木又右衛門のような武士もいるのが救いであった。

特に、勇気をもって打ち明けてくれた又右衛門の爽やかな姿は、鷹之介のやり切れぬ想いを和らげてくれた。

「さてと、次の稽古がどうなることやら……」

鷹之介は、己が怒りが爆発するのが何よりも恐ろしかったのである。

七

そうしてまた、剣持邸の武芸場において、新宮鷹之介の剣持重兵衛に対する聞き書きは行われた。

「先だっては、若狭丑之助に会うてやってくださり真に忝うござった。今日も武芸場には勤めと重なり彼の者は参れませぬが、頭取にお誉めいただいたと、いこう喜んでおりましたぞ」

重兵衛は、この日もまた豪快な口調で、鷹之介を丁重に迎えた。

しかし鷹之介には、重兵衛のすべてが取り繕われたもののような気がして、気分は晴れなかった。

原口鉄太郎と平助には、若狭邸からの帰りに、鈴木又右衛門と話したことは口外せぬように申し付けた鷹之介であった。

編纂所でも、新宮家でも、又右衛門の話が出ると、あれこれと騒ぎになるかもしれない。

ここは、大人達の意見は聞かぬまま、頭の中を真っ白にして臨みたいと思ったのだ。

「本日もよしなに願いまする」

鷹之介は、感情を顕わにせず、淡々として聞き書きを務めた。

武芸場には、鈴木又右衛門の姿もあった。

鷹之介はもちろん、又右衛門に親しみを覚えつつも、特に会釈をしたりせず、役目をまっとうした。

重兵衛は、彼もまた何ごとも意に介さず、

「本日は、我らが立合をお見せいたそう。頭取におかれては、また危ない稽古だと思われるかもしれぬが、某はこの稽古によって、己が武芸を磨いておりまする」

そう言うと自ら稽古場に降り立ち、胴、籠手《こて》、頭には陣鉢を着け、袋竹刀を手にして、鷹之介を見た。

「立合はこの恰好にていたしまする」

面を着けていないのは危ない。先日、鈴木又右衛門がそっと告げてくれた仕様であるが不安は募る。

「さて、誰から参ろう」

重兵衛が番士達を見廻すと、

「お願いいたしまする！」

番士達は口々に叫んだ。

「ならば、まず、鈴木又右衛門！」

重兵衛がその中で選んだのは、鈴木又右衛門であった。

又右衛門は、驚いた。

彼は遠慮して、稽古を願うのを控えていたからだ。

「どうした？　怯《お》じ気《け》づいたわけでもあるまい。おぬしは頭取から剣の極意を教わったのではなかったのか？」

重兵衛はニヤリと笑った。

「何と……」

又右衛門は色を失った。

若狭丑之助を訪ねた帰り。彼が鷹之介に声をかけ、茶屋で話し込んでいた様子は、
既に重兵衛の耳に入っていたらしい。

「御組頭、これはどういうことでござる」

鷹之介はさすがに気色《けしき》ばんだ。

若狭邸を訪ねた自分を何者かが、そっと窺っていた。

番士だらけであるゆえ、気をつけていた鷹之介であったが、又右衛門と話し込むあまり、気付かなかったようだ。

しかし、それはあまりに無礼ではないか。

「これは申し訳ござらぬ。番町は狭うござってな。人の噂はあっという間に広がりまして、他意はござらぬ」

重兵衛はにこやかに言った。

「これはさぞかし、又右衛門が頭取に教えを乞うたものだと思い、某としては楽しみに思うたまでのこと」

「よろしくお頼み申します！」

鷹之介が言葉を探す間に、又右衛門が威勢よく応えた。

何の弁明もせず、何も訊ねず、彼は重兵衛との立合に臨んだのだ。

鷹之介は見守る他ない。

「よし！　実りのある稽古といたそう！」

重兵衛はほくそ笑んで袋竹刀をとった。

この組頭は、又右衛門が若狭録之助と通じていたのを知っていた。

――お前も同じ目に遭うだろう。

又右衛門の監視をしていたところ、新宮鷹之介に何やら声をかけ、話し込んでいる様子が耳に入ってきたのに違いなかった。

「しっかりとかかって参れ。なに、おぬしを打ち殺すつもりはないわ。ははは……」

重兵衛は、いつもの豪快な笑いを発すると又右衛門を相手に立合った。

面を着けての稽古ではないゆえ、慎重な立合であったが、鷹之介の目に力の差は歴然としていた。

鷹之介の前ゆえ、面を狙うようなことはしなかったものの、重兵衛は懸命にかかる又右衛門を弄ぶように、籠手と胴を打ちすえ、時に足払いをかけ床に這わせた。

ここでは、重兵衛に余裕がある。かかっていくしかない又右衛門は体力ばかりが奪われる。

やがて床に這い、立ち上がれなくなったところで、

「これにて某は失礼をいたす」

鷹之介は怒気《どき》を含んだ声を投げかけた。

重兵衛は手を止め、又右衛門を下がらせると、

「もう、よろしゅうござるか？」

鷹之介にほくそ笑んだ。

「又右衛門殿とは、たまさか道で行き合い、武芸談義をいたしたが、それがお気に召さなんだのなら、又右衛門殿には申し訳のないことをいたした」

鷹之介は、武芸場を見廻しながら言った。

「某がここへ参ったのは、剣持重兵衛殿がいかに武芸を鍛えておいでかを聞き書きするためでござる。あれこれとお訊ねしたのは、あくまでもその意を確かめる上でのこと。武芸帖には、いざという時のために、型、組太刀、立合にいたるまで、日々厳しい稽古を己に課し、命を賭する覚悟で励んでおられる……、稽古の詳細と共に、そのように記させていただきましょう」

そして、重兵衛に対しては威儀を正した。

「道理に適うた仕儀、忝し」

重兵衛は尊大な物言いで応えた。

彼は、又右衛門を打ち据えたことで、新宮鷹之介が、己が武芸と大番の厳粛さに気圧《けお》されたと思ったのであろう。

——存外に呑気なことじゃ。

鷹之介は、重兵衛が小物に見えてきた。

自分が武芸帖に、重兵衛の武芸鍛練を、聞いたまま、見たままに記すのは、彼を恐れたからではない。武芸に励む者は、それぞれに己が信条があるはずで、それをまとめる自分は決して評してはいけない、評するのは将軍家ただ一人でなくてはならないと思うからである。

——何かというと、いざという時の話になるが、いざという時、貴殿の配下の者達が、果して命がけで戦いますかな。

鷹之介はそう言いたかったが、

「さらばでござる」

言ったところでわかるまいと、暇を告げた。

「頭取とはいつまた会えるかは知らねど、武芸帖編纂所へは、いつか伺いとうござる。その日まで、お励みなされい」

重兵衛は、得意満面でこれに応えた。

鷹之介は心の中で失笑した。

意外や重兵衛は、この度の聞き書きの後、恐らく鷹之介によって腕のほどを試され、御前仕合になるであろうと、支配からは聞かされていないらしい。

小姓組、書院番と違い、大番は老中支配であるからかもしれないが、閉鎖的なところには、そういう情報も伝わりにくいのであろうか。

それとも、やや専横を思わせる剣持重兵衛を快く思っていない重役達が、捨ておけばよいと思っているからかもしれない。

――それならば、目にもの見せてくれる。

鷹之介は決意を胸に、

「またいつか会える日を楽しみにしておりまする。鈴木又右衛門殿のことは大事にしてさしあげてくださりませ」

粛々として、引き上げたのである。

八

鷹之介は、急ぎ武芸帖をまとめ、これを上書した。

そしてまた、前二回と同じく将軍・家斉の御前に召された。

この間、編纂所では詳しく語らぬものの、水軒三右衛門、松岡大八の指南の下で、小野派一刀流の太刀筋を十分に見極めておいた。

老剣士二人は、鷹之介が心に期するところがあるようだと、深くは問わず御前へと送り出した。

「三右衛門、この度は楽しみよのう」

「頭取にとっては、身になる三番目の勝負になりそうじゃ」

二人が編纂方として、庭の隅に控えて見物が出来たのも、これまでと同じであった。

上覧所の家斉は、この度もまた上機嫌であった。

大番組頭の剣持重兵衛の勇名は、家斉の耳にも入っていた。

しかし、彼を特に御先手組頭などに取り上げなかったのは、武辺《ぶへん》一筋で政《まつりごと》での調整や、事務的な能力には欠けるとの報告を受けていたからだ。

組頭としての威厳は抜群で、重兵衛がいることで大番が軍団として引き締まるのなら、そこへ置いておくのが適任だと思っていた。

老中・青山下野守からの上申もその通りであった。

そして、重兵衛の盗賊退治があってからの十年で、大番がいかに充実したか試されると、武芸帖編纂所頭取・新宮鷹之介に命じた、番方の武芸達者への聞き書きに、その名を加えさせた。

下野守からの話を聞くに、

「鷹めとは、合わぬであろうのう」

家斉はそのように見ていた。

ところが、鷹之介は一悶着《ひともんちゃく》起こすかと思えば、淡々と聞き書きをすませてきた。

そして、武芸帖のまとめにも、剣持重兵衛の人となりを疑うような記述は一切なかった。

重兵衛が、いざという時のために、番士達と共に死ぬ気で武芸鍛練に励む様子が、わかり易い表現で綴られ、重兵衛の武芸の腕も、大番では格別のものだとあった。

家斉は、武芸帖に、

「この上は、上様の御判断あるのみ……」

という彼の意思を読みとったのだ。

家斉は、下野守の意見と合わせてみて、剣持重兵衛は、いささか出過ぎていると感じた。

今日は、吹上の御庭に大番頭達を招いた上で、剣持重兵衛を召した。

重兵衛はまさかこのようなところへ召されるとは思ってもおらず、幔幕が張り巡らされた庭先で、きっと組太刀でも披露するのであろうと、非常に興奮をしていた。

組太刀となれば、剣術指南役である小野派一刀流の当代・小野次郎右衛門忠孝が、自分の相手を務めてくれるのであろうか。

彼の想像は膨らむ一方であった。そしていよいよ御前に召されると、

「剣持重兵衛、大儀である」

将軍に声をかけられ、

「ははッ!」

と、這いつくばった。そこからは、

「そちから聞き書きをした新宮鷹之介によると、そちは日頃より、その命を賭して武芸に励んでいるとのこと。まことに天晴れなる心がけよのう」

さらに労いの言葉が続いた。

「恐悦至極にござりまする……」

重兵衛は感涙した。それと共に、新宮鷹之介がよくまとめてくれたと思い、

――あの男の上書に、上様がかくもお目を通されるとは。

もう少し、鷹之介をもてなしておけばよかったと、別れ際の互いに気色ばんだやり取りを悔やんだものだ。

「ならば重兵衛、そちの命を賭しての武芸の成果を、これにて余に見せてもらおう」

すると、家斉から演武の所望があった。

「ははッ!」

「命を賭すか?」

「申すまでもござりませぬ」

「ならば、これにてそちが日頃得意とする立合を、新宮鷹之介を相手にいたすがよい」

「な、何と……」

重兵衛は、驚きに固まった。

若年寄・京極周防守によって、新宮鷹之介がその場に召された。

「鷹之介か……」

「御前《おまえ》にござりまする」

「剣持重兵衛が命を賭しての稽古。見事じゃと申すなら、そちとの立合にて確かめよう」

「畏まってござりまする」

「立合の仕様は、何とする?」

「しからば、白鉢巻に白襷。袋竹刀でいかがかと存じまする」

「うむ、それでこそ、命を賭しての立合に相応《ふさわ》しい。重兵衛、異存はないか」

「は、ははあッ!」

是非もない。重兵衛は当然のごとくこれを受けたが、

——このおれに、素面《すめん》、素籠手で立合を望むたわけがいるとは。

内心、驚きを禁じえなかった。

——それとも、余ほどの遣い手か。

一方ではその想いが、彼の心を揺さぶった。

幔幕の外、庭の隅では、心配そうに見つめる高宮松之丞を尻目に、水軒三右衛門と松岡大八がニヤリと笑い合い、心の内で鷹之介に賛辞を呈していた。

鷹之介は、素早く鉢巻をしめ、襷《たすき》を十字に綾なすと、袴の股立《ももだ》ちをとり、袋竹刀を手に御前へ出た。

その姿は生き生きとして美しく、たちまち庭先を華々しくした。

——おのれ、打ち殺してくれるわ。

重兵衛は覚悟を決めて、鷹之介に対峙した。

鷹之介は、涼やかな目で、

「このように早くお目にかかることになるとは思いもよりませなんだ」

と重兵衛に告げていた。

勝負の判定は、上様御自らが告げられると周防守が申し渡した。

老中・青山下野守、大番頭達が、食い入るように二人を見つめ、御前仕合に陪席した。

やがて二人は、合図の太鼓でさっと構えた。

相青眼《あいせいがん》から間合を詰める二人であったが、

――おのれ、今まで腕を隠していたか。

重兵衛は、いかにも手の内が柔かそうで、かつ毛筋ほども乱れのない鷹之介の構えに、心を乱された。

――ふッ、存外に構えに力がない。

鷹之介は、立合の稽古を見ている時から思っていたが、実際相対すると、この十年で〝井の中の蛙《かわず》〟となった重兵衛の剣をたちまち見切り、呑み込んでいた。

――早間の組太刀が得意であったな。

それならこっちはもっと早い間で打ち込んでやる。

鷹之介は、重兵衛の手にかかって不慮の死を遂げた若狭録之助を頭に描いて、

――貴殿の無念は今晴らしてさしあげよう。

「ええいッ！」

恐れることなく、ぐっと間合を詰めて、小手の三段打ちを見せた。

重兵衛は、手許を信じ難い高速の連打で攻められ、防戦一方になった。

鷹之介はそこから面へと出て、すぐに袋竹刀を小手に落した。

これが、重兵衛の小手をしたたかに打った。

「うッ！」

重兵衛は真に不甲斐なく、一刀も返せず、己が袋竹刀を叩き落され、鷹之介の足払いに倒され天を拝んだ。

鷹之介は、それへ、

「やあッ！」

と、袋竹刀を振り落した。

思わず目を瞑《つむ》った重兵衛の額すれすれに、鷹之介の袋竹刀はぴたりと止まっていた。

鷹之介の完勝であった。

「それまで！」

家斉は上覧の間で、低く叫んだ。

「盗人を討つのと、武芸者を討つのとでは、わけが違うか……」

家斉は、鷹之介の強さを手放しで誉めたかったが、そんな皮肉が口から出ていた。

鷹之介は、袋竹刀を引いて、その場で畏まった。

「面目次第もござりませぬ」

重兵衛は、呆然たる面持ちで応えた。

「鷹之介、重兵衛は日頃から命を賭して稽古に励んでいると申す。いっそ止《とど》めをさしてやってもよかったが、そちは技を寸前で止めた。その理由はいかに?」

「ははッ。命を賭して稽古に励む剣持重兵衛殿ではござるが、命を落しては、御勤めに障りが出ましょう」

「とどのつまり、剣持重兵衛の代わりは見つからぬと言うのじゃな」

「はい。代わりなどいくらでもいる、とは思いとうござりませぬ」

「それが、聞き書きをした上でのそちの答えか?」

「ははッ!」

「うむ」

家斉はにこやかに頷いたが、

「確かに重兵衛の代わりは見つからぬが、組頭の代わりは見つけねばならぬ」

と、静かに言った。

「重兵衛……」

「ははッ……」

「己が腕に驕《おご》り、将軍家の家来を徒《いたずら》に損《そこの》うたは不届き。この上は、武芸場など無用じゃ。新たな沙汰があるまで、己を鍛え直すがよい」

「ははッ……！　畏れ入ってござりまする」

重兵衛は再び這いつくばった。

「鷹、さらに励め」

家斉は心地よい笑みと共に、上覧所から御殿へと去っていった。

老中・青山下野守は満足そうな表情で、若年寄・京極周防守に、ひとつ頷いた。

周防守は、威儀を正し、

「新宮鷹之介、こ度もまた御苦労であったな」

と、退出を促した。

「御免くださりませ……」

三番目の勝負を制した新宮鷹之介の剣技の上達は、とどまるところを知らぬ。
その強さは決して殺伐《さつばつ》とせず、どこにあっても爽やかな風を誘う。
王者の風格を備えた若鷹が満を持して、今新たな大空へと飛び立ったがごとし
――。

第四章　第四番

一

大番組頭・剣持重兵衛に圧勝して、新宮鷹之介の武名は一気にあがった。

何よりも、将軍・徳川家斉からの信の厚さが、徳川家譜代《ふだい》の臣達の心を突き動かし、鷹之介への付け届けが、方々からくる始末であった。

腕が立ち、上様からの覚えめでたいとなれば、やがてはとんでもない出世を遂げるかもしれない。

今の内から誼《よしみ》を通じておこうというところであろう。

特に、武芸帖編纂所に武芸帖を提出している各家は、

「日頃は、当家の武芸についての編纂をしてくだされ真に忝《かたじけな》し」

「時には当家の者への武芸帖閲覧もお許し願いとうござる」

などと、あれこれ理由をつけては進物《しんもつ》を届けさせたものだ。

高宮松之丞は、嬉しそうに対応に当っていたが、

「まず、これが世の中というものでござりまするな」

感慨深げであった。

武芸帖編纂所が出来たばかりの折は、武芸帖の提出を求めても、

「そもそもこれは、当家秘伝の武芸帖でござるが……」

などと、出し渋ったり、

「当方も、何かと御用繁多《はんた》でござってな」

もったいをつけるところも多かったからだ。

鷹之介の面目躍如たるところだが、新宮家と同格の旗本諸家は、

「頭取はまだ独り身で……？」

と、探りを入れてきた。

あわよくば娘との婚儀を進めんと狙っているのは明らかであった。

「いえ、話がないわけでもござりませぬが、何分まだ御役一筋で……」

松之丞はそう言ってかわしたものの、

――この折に、早う決まってしまえばよいのじゃが。

未だ妻帯の気配がない鷹之介に業《ごう》を煮やしていた。

とはいえ、幕命による番方武士の中の武芸優秀な者に対する聞き書きは、まだ残っているはずであり、それどころではない。

今は様子を見るしかあるまい。

老臣は逸《はや》る想いを抑えていた。

小姓組、書院番、大番ときたのだ。次はきっと新番か小十人組であろう。

とどのつまりは五番勝負となるのであろうか。

既に三番勝負を制したのである。

ますます期待は高まるが、

「とは申せ、聞き書きをする度に御前仕合というのも、何やら疲れまするな」

松岡大八は、武芸帖編纂方として格別のはからいで頭取に随行出来る喜びに浸りつつも、鷹之介が仕合に勝たねばならない重圧にさらされることを気遣った。

「いかにも。五番勝負となると、いささか荷が重うございまする」

松之丞も、これに同意したが、当の鷹之介は涼しい顔で、

「いや、十番勝負くらい願いたいところだ」

と言う。

「考えてもみよ。番方の中でこれと見込まれた相手と仕合ができるのだ。これほど身になることはなかろう」

鷹之介の思考は、どこまでも前向きである。

そうして、再びの若年寄・京極周防守の呼び出しに嬉々として応えたのだが、この度の指令が、老臣・高宮松之丞をやきもきとさせることになるとは、知る由もなかったのである。

「次は、新番の者の聞き書きを頼みたい」

京極周防守は鷹之介に会うや、そのように告げた。

「畏まりました」

鷹之介は楽しそうな表情で拝命した。

五番方で残るは、新番と小十人組であったから、順当であろう。

新番は、将軍が外出する折の警固、江戸城警備にあたる。

五番方の中では、設立が一番新しく、新番頭八名、役高二千石。新番組頭八名、六百石。新番衆は各組二十名で計百六十名、二百五十俵となっていた。

小姓組、書院番の〝両番〟より格は低く、〝両番〟が騎馬であるのに対し、徒士《かち》である。

しかし、将軍に近侍《きんじ》する旗本として馬上資格を有していた。

この度、武芸達者として認められたのは、新番衆・連城誠之助《れんじょうせいのすけ》。

歳は鷹之介より二つ下で、

「これがな、手槍《てやり》の遣い手であるそうな」

周防守のこの言葉に、鷹之介は身が引き締まった。

話によると、彼は六尺ばかりの手槍を巧みに遣いこなし、これを剣で打ち負かしてやろうという者とたんぽ槍で立合い、未だ負けたことがないという。

それゆえ、警固の折は手槍の携行を認められているらしい。

となれば、家斉は間違いなく、

「鷹よ、そちならいかに戦う？」

などとおもしろがって対戦させるに違いない。

誰もが敵わぬというなら、自分が勝ちたい。

鷹之介の頭の中は、たちまち対手槍戦でいっぱいになったのである。

手槍は短めの槍であるから、縦横無尽に振り回されると、なかなか相手を捉えにくい。

それでいて刀より長いから厄介である。

しかも、対戦までの日々は僅かしかない。

まったく不利な状態ではないか――。

周防守の話を聞きながら、彼の頭の中は揺れ動いた。

そこに出てきたのが、思わぬ女《ひと》の名であった。

「時に、近頃は別式女《べつしきめ》殿は稽古に来ているのかな？」

「別式女殿……？」

「鈴殿じゃよ」

「鈴殿なら、確か一月ほど前に、小太刀の稽古をしたいと参られましたが……」

「左様か。暇を見つけては稽古をしに来ているのじゃな」

「はい。とは申しましても、鈴殿もなかなかに御用繁多の由。度々というわけにも参らぬようですが……」

鈴は先年、家政不行届《かせいふゆきとどき》を公儀に咎められ、評定所《ひょうじょうしょ》での詮議中に失意の中死去した大名・藤浪豊後守《ぶんごのかみ》の娘である。

豊後守をそそのかし、酒色《しゅしょく》に耽《ふ》けさせた奸臣《かんしん》を、その私邸に乗り込み成敗した烈女《れつじょ》として知られたが、藤浪家改易《かいえき》の後は染井《そめい》村に隠棲《いんせい》し、密かに薙刀《なぎなた》の腕を鍛えていた。

それを見つけ出し、将軍家奥女中の武芸師範、並びに大奥警護にあたる別式女として送り込んだのは新宮鷹之介であった。

その縁で鈴は、武芸帖編纂所を時折訪ねては、己が武芸を鍛えていた。

「鈴殿が、いかがなされたのでしょう」

手槍の達人・連城誠之助の話をしていたかと思えば、いきなり鈴の話が出たので、鷹之介は小首を傾げた。

「それがな……」

周防守も首を傾げて、

「上様が〝連城誠之助は未だ独り身のようじゃ。鈴を娶《めあ》わせてもよいな〟などと仰せになってのう」

と、低い声で告げたのである。

「その、連城殿と鈴殿を……」

鷹之介は、ぽかんとした表情でこれを聞いていたが、

「上様は、鈴殿を慈しんでおいでの由。先々のこともお気になされておいでなのでしょう」

やがて、さもありなんといった様子で応えた。

「あの鈴殿を妻とする者は、武芸に秀でておらねば務まりますまい……」

「うむ、左様じゃのう」

周防守は、鷹之介が鈴の縁談を知っても動じないのが意外で、彼もまた、ぽかんとした表情となり、

「まず、鈴殿が訪ねて参っても、上様がそんな話をされたことは口外無用にな」

と、申し付けて苦笑いを浮かべた。

そして、

「畏まりました……」

と、平伏する鷹之介に、

「恐らく上様は、負け知らずの手槍に対して、そなたがいかに戦うかを楽しみにされているはずじゃ。こ度もまた、骨が折れるのう」

溜息交じりに申し渡したのである。

二

「上様が、その連城誠之助という御方に、鈴様を嫁がせる、と仰せで……」

高宮松之丞は、京極周防守の許から戻った鷹之介からその話を聞いて絶句した。

「ははは、上様もおやさしい。鈴殿のことをそうして、いつも気にかけておいでなのじゃのう」

鷹之介は爽やかに言った。

松之丞は、少しむきになって、

「このようなことを申してはなんでござりまするが、御書院番、御小姓組ならばともかく、新番衆は格下ではございませぬか」

鈴は、元は大名家の子女。家が改易の憂き目を見て、今は別式女として仕える身になったとはいえ、新番衆から婿が選ばれるはずはない。

それは何かの聞き違えではないのかと、鷹之介に問うた。

「うむ。確かに新番衆の格は、両番に比べるといささか低いかもしれぬ。出世の道も厳しいようじゃ。だが上様は、それでも武芸の腕がよければ、鈴殿ほどの女子を妻にすることも叶うであろう、そういう夢を持たせてやりたいとお思いなのではないかな」

鷹之介は、松之丞を窘《たしな》めるように、己が考えを伝えたものだが、

――まったく、殿は何を考えておいでなのであろう。

松之丞は苛々《いらいら》した。

――殿は、鈴様が他の誰かに嫁がれたとしても、平気なのであろうか。

鈴が鷹之介を慕っているのは明らかだ。

それについては、鷹之介もわかっているはずだし、彼も鈴を憎からず思っている。

しかし、二人を結びつけたのは、互いに純粋に打ち込んできた武芸であったゆえ、まず武芸帖編纂所頭取と、将軍家別式女としての役目を果さんと、心血をそそいでいた。

互いに武芸に励む姿を見せ合うことで、明日への活力としていたゆえ、恋しさを育む前に、武芸探究が心を充たしてしまっていた。想い合いながらも、男女の結びつきに昇華しないのは、それが原因であると、松之丞は察知している。

だがそれでも、ある日気がつけば自然と二人は夫婦になっているものと思っていた。

藤浪家再興を果すには、鈴にしかるべき婿をとらせ、新たに家を作るしかない。

初めはそうも思っていたが、先般、藤浪豊後守の庶子《しょし》が見つかり、将軍・家斉は時を見計らって、この男子に藤浪家を再興させてやろうと考えていると聞いた。

それがわかった上は、二人はいつでも夫婦になれるのだ。

だが、鷹之介は鈴に自分以外の夫候補があると知っても、まったく動じる気配がない。

――上様もお情けなきことではないか。

別式女となった後は、何かと鈴に目をかけ武芸の鍛練は、武芸帖編纂所の武芸場ですればよいと本人にも伝えていたという将軍であった。

これはきっと、鈴を新宮鷹之介に添わせんという考えによるものだと思ってきたのだが、鷹之介はあくまでも、婿候補の一人に過ぎなかったというのか。

――この折ゆえ、今日こそははっきりと言ってやる。

松之丞は、堪《たま》らずに鷹之介の前で威儀を正して、

「殿は、鈴様がどなたかとの婚儀が決まった時は、何となさいます」

と、問い詰めた。

「何とするとは?」

「もう、編纂所にお出になることも、のうなってしまうやもしれませぬぞ」

「おお、そのことか。爺ィ、案ずるでない。鈴殿はまだ別式女を辞められぬそうじゃ。それゆえ、当面は編纂所の武芸場に来て稽古をしたいと申されていた」

松之丞は、返す言葉が出てこなかった。

武芸場に稽古をしにこられるかどうかの話ではない。

早く鈴を己が妻にしたいと申し出ねば、鈴はどこぞに嫁いでしまうであろう。そ

れを言いたいのだ。

「鈴殿も、あれだけの縹緻《きりよう》を備えられたお人ゆえ、妻に望みたいという者も多いであろうのう」

——その一人に、自分がなるつもりはないのか！

「とは申せ、上様お気に入りの別式女となれば、なかなか願いは叶わぬであろうな」

——その上様が、連城誠之助に娶わせてはどうかと口にされているのだ。焦る想いはないのか！

鈴贔屓《びいき》の松之丞は、鷹之介が泰然《たいぜん》自若《じじゃく》としていられるのが信じられなかったのである。

「爺ィ、まず鈴殿の話は横へ置いておいて……」

——横へ置いてどうする！

「連城誠之助殿の手槍を見るのが楽しみでならぬ」

——やはり頭の中はそればかりか……。

「手槍と戦わされては、こ度はちと辛い。いかにすればよいか……」

　鷹之介は唸りながら、来たるべき四番勝負に想いを馳せてばかりいる。
　こうなると、何を話しても無駄であるのを、松之丞は誰よりもよくわかっている。
　鷹之介にとっては、主命を果すことが何よりも大事である。
　連城誠之助の手槍といかに戦うか――。
　家斉がそれを楽しみにしているとなれば、不様《ぶざま》な姿をさらすわけにはいかないのだ。
　今はその想いが恋情をどこかに吹きとばしてしまっている。
　それが新宮鷹之介であるゆえ仕方がないのである。
　――それにしても、おかしなお方じゃ。
　鷹之介は間違いなく鈴に恋情を抱いていると思ってきた。
　しかしその実、鷹之介は妹や相弟子と接するような想いを貫いてきたのであろうか。
　武家の婚儀は自分で決めるものではない。
　周りの働きかけがあり、ちょうどよい頃合に結婚となる。
　そういうものであるゆえ、自分の想いを勝手に膨らませることがないよう、強い意思で自制しているのであろうか。

——それとも、まさか男色。いや、それは違うはずだ。

鷹之介は既に鈴とは密かに言い交わしていて、鈴にどこから縁談がこようと、彼女の意思は変わらないと達観しているのかもしれない。

——まず、それは考えられぬが、もしやということもある。

松之丞は、新宮家に仕える老女・槙《まき》を呼び、

「そなたは以前、鈴様の身の回りのお世話をいたしたことがあったな……」

と、編纂所に鈴が訪ねてきた折に、何度か世話係を務めた時の様子を問うた。

「鈴様は、殿をどのように見ておいでであったと思うた？」

「お言葉の端々から察しまするに、きっと姫様は、殿をお慕い申し上げていると……」

「それは夫になる男としてか？」

「はい」

「では、何ゆえあの御二方は、まどろこしい間柄を続けているのであろう」

「今はまだ、思う存分武芸に打ち込みたいと、お互いに思うておいでだからでしょ

う」

「妻となっては、今ほどには武芸の鍛練はできぬゆえか」

「はい。殿様もお姫様が奥方に納まってしまうのが、武芸者として忍びないと思うておいでなのでございましょう」

「なるほど、道理じゃのう。だが、そんなことを言っていてはきりがない。ぐずぐずしている間に、たとえば上様が鈴様の嫁ぎ先を決めてしまわれたら、これには抗えまい」

「そうかもしれませぬが、こればかりは、その時になりませぬと、何とも申せませぬ。それが男と女の縁でござりましょう」

「う〜む……」

槇にぴしゃりと言われて、松之丞は唸るしかなかったのである。

三

老臣のそんな気持ちを心の隅ではわかっているのかいないのか。

ただ恋には朴念仁でいるのが楽なのか。

新宮鷹之介は、若党の原口鉄太郎と中間の平助を供に、いそいそと本所《ほんじょ》三ツ目通りの連城誠之助の屋敷へ向かった。

誠之助がどのような旗本なのか、行って探りを入れたい高宮松之丞であったが、こういう時は、己が目より余人の目を通して知る方がよいであろうと、鉄太郎に託したのだ。

元より鷹之介は、松之丞までが来ることはないと思っていた。

屋敷は殊の外、簡素であった。

二百五十石取りの旗本であるから、屋敷は四百坪くらいで片番所付きの長屋門があってもおかしくないが、冠木門《かぶきもん》となっている。

そういえば、先代か先々代の頃に大火があり、本所へ移ってきたと聞いたが、それゆえか。

しかし、屋敷内は清潔に保たれていて、真に心地がよかった。

「お目にかかれまして、恐悦に存じまする」

誠之助は、鷹之介との対面を大いに喜んでくれた。

「いやいや、金剛《こんごう》力士のような御方かと思えば、実におやさしそうで、安堵いたしました。本当の豪傑というのは、頭取のような御方なのでござりましょうな」

彼は、はきはきと親しげに声をかけてきた。

遠慮のない物言いに聞こえるが、素直な気持ちをてらいなく話す様子には、実に好感がもてた。

「ははは、これは痛み入りまする。色々と御噂をお聞きしておりまするが、やはり会うて話してみねばわからぬとて、某もまた楽しみにいたしておりましたぞ」

鷹之介はあっという間に打ち解けた。

誠之助は、鷹之介に似ていた。色白で面長、体付きはしっかりと引き締まっていて、爽やかな笑顔が心に沁みてくる。

書院番の子上礼蔵とは違い、武骨に過ぎぬほどのよさがあり、話のやり取りが実に早く進む。

独り身で親もなく、思うがままに武術を鍛え勤めに励む様子も、鷹之介と実によく似ている。

四度目となれば鷹之介の聞き書きも堂に入ったもので、武芸談義に花を咲かせつつ、誠之助のこれまでの鍛錬を聞き出すことが出来た。

剣術は、直心影流《じきしんかげ》の団野源之進《だんのげんのしん》に学んだという。

源之進は、流儀の道統を受け継ぐ名剣士で、その門人には後に幕府講武所頭取《こうぶしょとうどり》並《なみ》・剣術師範役兼帯となる、男谷精一郎《おだにせいいちろう》がいる。

道場は本所亀沢町《かめざわちょう》にあり、

「よくぞ、本所へ屋敷替えになったものでござりまする」

彼は子供の頃から足繁く団野道場に通い、剣を鍛えたのだ。

「とは申しましても、同じ年恰好の男谷精一郎にはまったく敵いませぬ。他にも恐ろしく腕が立つ連中が集まっておりまするゆえ、剣術で目立ったことなどござりませなんだ」

その口惜しさが、彼を手槍に走らせたという。

亡父が、鹿島神流《かしましん》に槍を学び、その技を教えてくれた。

剣よりもこちらの方の才があったのか、すぐに上達し、団野道場で学ぶ傍ら、屋敷では日々槍を振り回していた。

「そのうちに、これは短かい槍を遣う方が、何かと便利ではないのかと思い立ったのでござる」

父は小十人組から新番へと役替えとなった。

この両組は、小姓組と書院番が馬廻《うままわ》りとして対を成すのと同じく、徒士として対を成しているものの、小十人衆が役高百俵十人扶持で、新番衆は二百五十石であるから支配からの覚えめでたく、出世を遂げたことになる。

誠之助はこの御恩に報いねばならぬと、より一層の忠勤を誓った。とはいえ、剣術が人より抜きん出ているほどでない自分は、何をもって将軍家の御役に立てるかを考えた。

新番衆は警護が務めとなれば、棒を使えた方が何かと役立とう。

となれば、棒術を槍術に組み込んで、自分なりの手槍の術を編み出せば、いざとなれば誰よりも力を発揮出来るのではないかと、そこへ想いが至ったという。

「それでまず手頃な棒を槍に代えて揮ってみますと、おもしろいように動きまする。毎日自分なりの工夫を加えるうちに、これなら少々の剣の遣い手相手でも勝てるのではないかと思うたのでござる」

「なるほど、そうして己が工夫を加える楽しさに目覚めたのでござるな」

「こうなると、下手に誰かに習うより、己がものとして術に磨きをかけた方が、ようござるゆえにな」

「左様にござる！」

「いかにも！」

誠之助は、何と話のわかる御仁だと、嬉しくなってきた。

鷹之介の言う通りであった。

江戸には、手槍、番所槍といった短槍の師範もいるが、天下泰平が続いた江戸では、槍そのものが使われることがなく、型や作法の伝承が稽古の要旨となっていた。

それを習ったところで、かえって自分の目指す手槍の妨げとなる。

「某もそのように思いまして、始めた頃は、誰にも告げず、ただ一人で稽古に励みましてござる」

「連城流を開かれたか」

「連城流と言われますと、気恥ずかしゅうござるが……」

誠之助は、書院で話していたかと思うと、いきなり庭へと降り立って、

「このように振ってみたのでござる」

庭に数本立てかけてある六尺棒を一本手に取って、ぶんぶんと振り回した。

「おお……」

鷹之介は相好を崩した。

頭の上で振り回してみたり、石突《いしづき》での足払いからの突き、棒術を取り入れた上から振り下ろす打突《だとつ》。あらゆる術が、縦横無尽に繰り出される。

「うむ、お見事！」

鷹之介が声をかけなければ、いつまでも演武が止まぬ勢いであったが、

「お気に召しましたか？」

誠之助は手を止めると、息も乱さず頬笑んだものだ。

「気には召しませぬ」

「はて？」

「その術にかかれば、某などひとたまりもござるまい」

「ははは、これは御謙遜《けんそん》にござりましょう」

「いやいや、本心を申しておりまする。さぞかし、けちをつける者もいたことでござろうな」

「はい。おりました」

「我流を嫌う者は、この世には多うござる。いつか己が打ち負かされるのが恐ろしいゆえに……」

「頭取はようおわかりでござりまする」

誠之助は、ますます嬉しくなってきて、それから連城流槍術のあらましを、次々と鷹之介に披露したものだ。

鷹之介は楽しくなってきた。

そのひとつひとつの技が、誠之助がおもしろがって拵えたものであるから、そこには遊び心が潜んでいる。

鷹之介はひと通り見終ると、

「そこまでできるようになれば、けちをつける者がいるのは幸いでござったのでは？」

ニヤリと笑った。

「いかにも幸いでござった」

誠之助は晴れ晴れとした顔で言った。

己が工夫で連城流が出来たとはいえ、その成果はどれくらい出るのだろうか、それを試してみたくなる。

そういう時は、けちをつける者を、

「ふふふ、その掟破りの槍術に手も足も出ぬのは、さぞ辛うござろうのう」

などとからかってやればよいのだ。

「そんな手槍が恐ろしゅうて、申しているのではない」

とどのつまりは相手も面目が立たず、立合うことになる。

誠之助は、来たるべき時に備えて、手槍用のたんぽ槍も拵えてあった。

槍先だけではなく、石突から一尺、穂先から一尺の部分にも、当った時の衝撃を和らげるよう、そこに綿を皮革で巻きつける工夫をこらしたものだ。

「即ち、これでござる」

誠之助は、少し自慢げに稽古槍を見せた。

なるほど、相手に当る部分がこれならあまり痛くなかろう。

「よい稽古槍でござるな」

鷹之介はそれを帖面に写生して、

「連城流の槍術として、上様へお渡し致す武芸帖とは別に、武芸帖編纂所にも残させていただきましょうぞ」

と、誠之助を喜ばせると、

「こういう槍を見せられて尚、仕合を渋るようでは臆したと捉えられますゆえに、ますます後へ引けなくなる……。それが狙いでござろう」

「左様にござる」

「誰かがやり出すと、おれなら勝ってみせるという者が続々と出てきますからな」

「その狙いは功を奏しましてござる」

誠之助は、ある日、けちをつけてきた者に仕合を挑んだところ、圧勝に終った。

それからは堰《せき》を切ったように、剣術相手の立合が行われて、彼は連戦連勝を遂げたのである。

連城流手槍術は、それらの仕合を通じて、さらに進歩を遂げた。

噂が噂を呼び、彼の手槍は新番衆の中でも知られるようになり、警備の折は、彼の手槍携行が許されるようになった。

「ほんの手慰みが評判を呼び、何やら、お恥ずかしゅうござりまするが……」

誠之助はやがてそう言うと、首を竦めてみせた。

「それで、このところ亀沢町の道場へは？」

「めっきり行く機会が減っておりまする。剣術が疎かになってはならぬと思い、できるだけ暇を見つけては行くようにしているのでござるが、手槍、手槍と言われますと、どうしてもこちらの稽古が大事になって参りまして」

「よくわかりまする」

鷹之介もこのところは、編纂所であらゆる武芸を探究しているゆえ、あさり河岸の鏡心明智流士学館で稽古をすることが、めっきり減っていた。

「それでも、亀沢町の連中はこの屋敷をよく訪ねてくれましで……」

直心影流の相弟子達は、連城誠之助の手槍の相手を務めてくれるのだが、なかなか勝てないので、

「今日こそは一本決めてやるぞ！」

とばかりに、訪ねてくるのだという。

それが今の誠之助にとって、真にありがたい稽古になっているらしい。

「連城殿の話を聞いておりますと、某も連城流手槍に、いつか挑んでみたいと思い

まする」

「こちらこそ、頭取と立合えるなどとは、恐悦《きようえつ》にござる。されど、その折は負けませぬぞ」

「いやいや、貴殿の手槍にもどこか攻めどころがあるはず。それを探るのも某の務めでござる」

二人は爽やかに笑い合った。

夢中になって語らい、誠之助の演武など見ていると、あっという間に刻が過ぎていた。

日暮れの冷たい風が庭を吹き抜けた。

気がつくと、今年も暦の上ではもう冬になろうとしていた。

四

次の連城邸での聞き書きは五日後となった。

「その日は、剣友達を数人呼んでおきますゆえ、立合を御覧いただきとうござる」

誠之助は、別れ際にその由を告げた。

真剣の手槍を手にしての演武も披露するとのこと。

「その日が待ち遠しゅうござるな」

鷹之介は足取りも軽く、武芸帖編纂所に戻ると、

「三殿、大殿、これは試練でござるぞ！」

五日後に再訪し、武芸帖をまとめ上書して、今までの流れ通り、将軍家の御前に出て上申するとなれば、さして日もない。

「連城誠之助の腕のほどを見たい。鷹よ、そちが相手をせよ」

となれば、僅かな間にこちらも臨戦態勢に入らねばなるまい。

番方の中でこれと見込まれた相手と仕合が出来るのはありがたい。多くの番方の士の中から選ばれた相手なのだ。負けたとて口惜しゅうはない——。

そう思いつつも、

「仕合には必勝を期して臨まねばなるまい。それが相手への礼儀であるし、上様への忠義である」

という姿勢を貫く鷹之介であった。

武芸場では、六尺棒を手に取り、連城誠之助が編み出した手槍術を真似てみて、

「こういう相手といかに戦えばよかろう」

と、指南を請うたのである。

鷹之介の帰りを屋敷で待ち侘びていた高宮松之丞は、殿が隣接する編纂所に戻ったという報せを受けると、慌てて迎えに出た。

老臣にとって気になるのは、連城誠之助の人となりと、彼が鈴についてどう思っているかである。

まず原口鉄太郎に問い質すと、

「随分と打ち解けておいでであった由にござりまする」

とのことである。

控えて待つだけの身であるから、誠之助の人となりはよくわからないが、

「殿様のような、実に涼やかにして、武芸に熱心な御方であったように存じます」

鉄太郎の目にそう映ったという。

「左様か……」

松之丞は気が重かった。

鷹之介が似た者同士と打ち解けるのはよいが、

「あの御仁ならば、鈴殿の夫に相応《ふさわ》しかろう」

などと、鷹之介ならではの、苛々とする気遣いを見せたとすればどうしたものか。

殿は敵に塩を送るという武士の情けを持ち合わせておいでだが、塩加減がわから
ぬ御方であるゆえ困るのだ――。

松之丞は気になって仕方がなかった。

そして編纂所の武芸場で、さっそく水軒三右衛門と松岡大八に、連城流手槍術に
ついて語っている鷹之介を捉えて、

「お帰りなされませ。まず御用などござりませぬか」

と、問いかけた。

「うむ、用はない。連城殿は人品卑《いや》しからぬ、なかなかのお人であったぞ」

鷹之介は、こういう時でも決して面倒そうにはせずに松之丞に向き合う。

松之丞は、問わずにおこうかと思ったが、堪えられずに、

「して、鈴様のお話はなされましたか」

と、探りを入れた。

「鈴殿……？　おお、そういえば上様がそのようなお話をされていたのじゃな。うむ、そうであった……」

しかし鷹之介は上の空で、対手槍戦について語るばかりであった。

――言わずもがなのことであった。

鷹之介の頭の中にある連城誠之助は、鈴を巡る恋敵ではなく、純粋なる武芸の好敵手として、今は存在するのであろう。

それがわからぬ松之丞ではない。

――歳をとると、ますます気が短こうなる。困ったものじゃ。

すごすごと引き下がったのだが、その翌日に、鈴が武芸帖編纂所に現れた。

「お稽古をつけていただきたく、お邪魔をいたしました」

成熟した女の色香を、生来の利かぬ気に溶け込ませ、凜とした表情で小腰を折る鈴は美しい。

この姿を見れば、いかな朴念仁の新宮鷹之介も、

――この姫を、誰にも渡しとうはない。

という気が起ころう。

松之丞は、真によい折にお越しくだされたと喜んだ。

鷹之介も、鈴の訪問を知るや、

「さすがは鈴殿！　某がいかに待ち焦がれていたか、どこぞから眺めておいででござったか……」

と、浮き立った。

——まずこれで殿も、鈴様との御縁に気付かれ、新たな想いを抱かれることであろう。

松之丞の心の内も晴れやかになった。

若年寄・京極周防守からは、鈴が編纂所に訪ねてきても、家斉が鈴の婿候補に、連城誠之助の名をあげていることは口外せぬようにと言われていた。

そうなると、言えぬからこそ湧き上がる想いもあろう。

鷹之介は、誠之助との話の中に、鈴の名は一切出さなかったようだ。

考えてみれば当然であった。幕命によって、誠之助の武芸鍛練についての聞き書きをしに訪ねているというのに、婚儀についての噂話など、するものではない。

それでも、きっと心のどこかで鈴のことが気になっていたはずだ。

その美しき姫が今目の前にいる。

何と好い間であろうか。

槇は、男と女は縁のものだと断言したが、その縁は正しく繋がっている。

鈴も、鷹之介が何言わずとも、引きつけられる大きな力を感じていよう。

松之丞はあれこれもの思いに耽《ふけ》りつつ、鈴の稽古風景をしばらく見ていようと、すぐに屋敷へは戻らず、編纂所の武芸場に控えていたのであったが、鷹之介はというと、

「鈴殿、さっそくで申し訳ござらぬが、今日は薙刀で存分に某に打ち込んでいただきとうござる」

と、世辞のひとつも言わず、自分の方から稽古を望んだ。

「はい。望むところですが、近々、長物を遣うお方と仕合でもなさるのですか？」

鈴は、鷹之介の勢いに気圧されることなく、さっさと稽古着に着替えて、武芸場備え付けの稽古用の薙刀を手にして静かに訊ねた。

「いや、手槍の名人と立合うことになりそうでござってな」

「なるほど。どこからどのように長物の柄が身に迫るか、それをお確かめになりた

いのでございますね」

「いかにも」

鷹之介はにこりと笑った。

聡明な鈴は、鷹之介の稽古の目的を、勘よく見破っていた。

鈴の薙刀術は、そこいらの武士をまったく寄せつけないだけの腕がある。

舞うように薙刀を操り、縦横無尽の打突を浴びせてくるのは、誠之助の技と通ずるところがある。

〝手槍〟と聞いても、まるで動じぬところを見ると、鈴はまだ連城誠之助という旗本の存在を知らぬのであろう。

鷹之介が鈴の力を借りて、彼女の婿の候補にあがる誠之助を打ち破る――。

――よい光景ではないか。

松之丞は悦《えつ》に入っていたが、

「鈴殿！　手加減は一切無用に願いまするぞ！」

「ならばお言葉に甘えまして！」

「えいッ！」

「やあッ！」

甘い言葉のやり取りなど一切なく、激しく打ち合う二人の凄みに圧倒されて、たちまち声を失った。

鷹之介は面、籠手、胴、さらに臑当《すねあて》をつけて、ひたすら鈴の打ち込みを竹刀で払い、受け止め、体を捌いてかわすばかり。

稽古のことゆえ、防具にあえて当てさせることで間合を探りもする。

もちろん、鈴は遠慮も手加減もせずに打ち込んでいく。

日頃は並び立つ二人を目にすると、内裏雛《だいりびな》のように映る鷹之介と鈴であるが、この稽古を見る限り、甘く切ない男女の恋模様など、微塵《みじん》もない。

鬼嫁が駄目婿を、怒りに任せて打ち打擲《ちょうちゃく》しているかのようにさえ見える。

「鈴殿、お疲れか！」

「いいえ、まだまだ！」

二人の稽古には、誰も近寄れぬ迫力がある。

――まだまだ、となっ
飽くことなく、疲れることなく、慕う殿御を打ち続ける姫がどこにいようか。

さすがに鈴贔屓である松之丞も、じっと見ておられずに、彼の傍らに控えている鈴の家来の村井小六《むらいころく》に、

「鈴様は、相変わらず武芸一途で……」

小声で問うた。

「はい。以前にも増して、打ち込まれております る」

小六は苦笑いを浮かべた。

「左様でござるか……」

この二人が結びつくかどうかは、やはり強い縁があるかなきかであろう。

将軍・家斉が、鈴の婿選びに言及したのは、二人の縁を強いものにせんとして立てた波風かもしれない。

松之丞はそう思うことにしようと、懸命に自分に言い聞かせていたのである。

五

もちろん、今の新宮鷹之介は、連城誠之助を鈴の婿候補の一人としてなど見てい

なかった。

彼の手槍にいかにして打ち勝つかにしかまったく興味がなかったのである。

その意味において、鈴の来訪は、今自分に何よりも必要な稽古相手の登場として捉えたし、鈴は鈴で、

「それはまた何よりでした」

鷹之介の役に立てた上に、久しぶりに身になる稽古が出来たことが嬉しくて、

「どうぞ御武運を……」

こんな時には余計な言葉は不要であると、そう伝えただけで帰っていった。

彼女の鷹之介への想いは、別れ際に見せた、鷹之介の充実した気合への称賛として表れていた。

いっこうに恋路が前に進まぬ鷹之介と鈴であるが、まず武芸においては、心がぴたりと重なり合っていた。

鷹之介は、鈴の協力もあって、対手槍との仕合についてひとつの手応えを覚えていた。

そうして迎えた二度目の連城邸への訪問。

この日は直心影流の剣士達が数人来ると聞いていたゆえ、鷹之介は、朝、起きた時から心が浮かれていた。

連城誠之助もまた、一別以来心に残る新宮鷹之介との再会に気持ちが熱くなっていた。

名流である直心影流に習いながら、手槍にとり憑《つ》かれた誠之助を、人は異端児扱いした。

だがそれは、誠之助の手槍を恐れてのことに他ならない——。

異端と切り捨てておかないと、いつか痛い目を見ると本心で思っているからだと、鷹之介はこともなげに言った。

今までの番方の聞き取りの様子を窺うに、誠之助は鷹之介によって、手槍の腕を試されることになるのであろう。

鷹之介にとっては、いささか敵視したい相手であるはずなのに、彼は純粋に連城流手槍の実力を認めてくれた上に、武芸帖編纂所の記録に手槍術として残しておくとまで言ってくれた。

人は、自分の才を素直に認めてくれる者を、知らず知らずのうちに求めているのではなかろうか。

考えてみれば、批判ばかりする者は自分にとって無用である。

「誰の言うことにも耳を傾けて、己が糧《かて》にするべきである」

などとわかったようなことを言う者には、

「そういうお前の言うことほど、つまらぬものはない」

と、応えてやりたい。

誰の言うことにも耳を傾けていられるほど、自分は大人物ではないし、取捨選択している暇もないのだ。

自分で自分の道を切り拓かんとする者ほど孤独な日々を送っている。

彼の手槍が認められたのは、実用的であり、その強さが証明されたからだが、

「認めてやるから、おれには近付くな」

という意思が含まれてのことであろう。

異端と呼ばれ、それを実力ではねのけた先には孤独が待っていた。

それによって胸にぽかりと空いた穴を、誰かとつるむことで埋めるつもりはない。

毎度打ち負かされながらも、

「きっとおぬしに勝ってみせるぞ」

と、強がりを言って再び来てくれる剣友、黙々と自分に仕えてくれる数人の家来達がいれば、営中においては誰にわかってもらうつもりもない。

しかし、同じ若年寄配下の旗本に、自分に似た人がいたのは嬉しかった。

気が合うからといって、この先はさして会うこともないだろう。

だが、ほんの一時であっても、互いに求める武芸によって繋がった心は、この先も友情の火を点《とも》し続けるであろう。

数年に一度会うだけでも互いにわかり合える。

そのような者の存在は、何よりも心を豊かにしてくれる。

新宮鷹之介と繋がり続けるためには、これから後も武芸の鍛練を欠かさぬことだ。

その覚悟を改めてさせてくれる鷹之介には、己が武芸のすべてをぶつけたい。

彼は気合十分に鷹之介を迎えたのであった。

鷹之介が連城邸に着いた時、邸内の庭には防具を着した剣士三人がいて、体馴らしをしていた。

三人は、鷹之介に一人一人挨拶をすると、

「頭取の御前で立合ができるとは恐悦至極にござりまする」

「今日こそは誠之助殿を打ち負かしとうござりまする」

「とは申せ、これがなかなか勝たせてはくれませぬ」

三人は皆一様に小普請《こぶしん》の下級旗本の子弟であるが、体馴らしを見たところでは、相当腕が立つ。

鷹之介が通う士学館でいうと、師範代級の剣の冴えがあった。

「本日は、連城殿の手槍がいかなるものか、方々の立合を拝見いたし、その上で、上様に上書いたしたく存ずる」

鷹之介は丁重に三人に接し、武芸帖に名を記すと告げ、三人を喜ばせた。

「頭取、三人の気合を高められては困りますな。ははは……」

誠之助は、剣友への面目も立ち、

「されば、御覧じ候《そうら》え！」

とて、自らも手槍用の防具に身を固め、竹刀を遣う直心影流の剣士達との立合を始めた。

「えいッ！　やあッ！」

と、まず初めの一人は上段に構え、つつッと間合を詰めた。

当然、首から下は危険にさらされるわけだが、そんなことは承知の上段である。

誠之助の気持ちを下に向かせつつ、引きながら手槍の打ちをかわし、上から竹刀を振り落さんと狙っているのであろう。

しかし、誠之助は槍の柄の中ほどを右手に持ち、肩に担いだままの姿勢を崩さない。

そしてそのまま間を詰めて、槍の長さを計らせない。

「えいッ！」

やがて石突で、相手の出足を突かんとしたかに見えた誠之助の手槍は、あっという間に彼の手の内を滑るように伸び、出端を叩かんとする相手よりも先に、上段に構える左籠手を叩いていた。

戦闘ならば穂先で籠手が斬られていよう。

「うむ……、参った……」

口惜しそうな剣友に、にこりと頰笑むと、

「次ッ！」

と、誠之助はまた同じように構える。

次の相手は、凄まじい連続打ちでもって、誠之助の手の内に入らんとするが、誠之助の手槍は縦横無尽に旋回し、相手を寄せつけない。

数度、竹刀とたんぽ槍が交錯したが、誠之助の手槍の、凄まじい上下の打ち分けに相手がついていけず、いつしか繰り出される足払いに、その場に跪《ひざまず》いてしまった。

「次！」

三人目は、ひたすら真っ直ぐに突きを放つ誠之助に、間合に入れてもらえず、打ち合う間もなく竹刀の長さに勝る彼の手槍に、胴の胸突きを突かれてしまった。

鷹之介は、思わず拳を握りしめて、低く唸っていた。

三人の剣士は、

「面目ござりませぬ」

と、鷹之介に不甲斐なさを詫びたが、

「いや、連城殿の手槍に敵う者はおりますまい。とは申せ、もしこれが真剣勝負となれば負けはしませせぬ。早々と退散すればよいのでござるからな」

鷹之介はにこやかに返した。

「なるほど、逃げれば負けませぬか」

誠之助は高らかに笑った。

「されど、皆に逃げられては稽古にならぬ。おれを叩き伏せるつもりで、この先もよしなに……」

三人の剣士も、そのうちきっと打ち負かしてやるゆえ覚悟をするがよいと嘯《うそぶ》いて、連城邸を後にしたのである。

鷹之介は、打ちのめされていた。

三人の剣士の戦法は、どれも理屈に合っていると思えた。

自分も三人と同じように戦っていたであろう。

そして、あの三人より自分がはるかに勝れているとも考えられない。

武芸帖編纂所頭取を拝命してからは、様々な武芸を相手にしてきたゆえ、少しは粘れたかもしれないが、とどのつまりは敗北を喫していたであろう。

しかし、今の立合を見れば、さらに鷹之介の心の内に、

――勝ちたい。

という想いが頭をもたげてきた。

「主命とは申せ、困ったことをしてしまいました」

誠之助は、感じ入る鷹之介を見て首を竦めてみせた。

「困ったこと？　目が眩《くら》みそうになるほどの、見事な立合でございましたが」

「目が眩みそうになりながらも、頭取の頭の中では、某を打ち負かしている。そうではござらぬかな」

「いや、未だに頭の中で負け続けておりまするぞ。もし、上様が仕合を御所望となれば、逃げるわけにも参りませぬゆえにな」

鷹之介は、上書する武芸帖には、三名との立合で見た技の素晴らしさを詳細にお伝えしておきましょうと告げてから、真剣の手槍での型を観た。

もう、帰ってしまいたかったが、武芸帖編纂所の頭取としては、しっかりと見届けねばならなかった。

「これが手槍でござりまする」

誠之助の手槍は、黒柄と赤柄の短槍で、武骨な拵え。槍身は菊池《きくち》槍《やり》風に短刀の形状である。

これならば、薙刀風に相手を斬ることも可能で、手槍の威力は増すはずだ。

稽古用の槍と違って、誠之助がこれを構えると、辺りに張り詰めた気が漂った。

連城流は、柄を巧みに持ち替えたり、手の内で滑らせたりして、長さと間合を相手に悟られぬ妙技がある。

槍先が真剣の場合、誤って手指を切る恐れも出てくる。

しかし、どこを持っても彼の手槍は寸分の乱れもなく、彼の体の周りで動いていた。

そして、誠之助は一通り型を演武し終ると、その締め括りに、

「えいッ!」

と、庭の立木に投げつけた。

手槍は見事に、幹に藁を巻きつけた杉の大樹に突き立ったのである。

「うむ! 確と見届けましてござる!」

鷹之介は威儀を正して頷いた。

「いや、これはちと悪戯が過ぎました」

誠之助は、いきなりの投擲《とうてき》が品位に欠けたと頭を下げたが、

「なるほど、手槍ならばこのような一手もござるな。よくぞ披露くだされた」

と、鷹之介も一礼をした。

「先ほどは、真剣ならば逃げる、さすれば負けることもないと申しましたが、いやはや、逃げれば串刺しにされるというものでござる。これほどまでに勝ち目がないと、こちらも投げやりになりまするな」

そうして、珍しく洒落のひとつも口ばしり、笑いとばすしかなかったのである。

六

「今日もまた、あれこれ語り合えたらよいと思うておりましたが、すっかりと手槍の凄まじさに中《あて》られて言葉も出ませぬ」

鷹之介は誠之助にそのように告げて、暇《いとま》を乞うた。

「これはお戯《たわむ》れを」

誠之助は笑ったが、それは本音であった。

二人ともに、このまま別れ難いものを覚えたが、今日の防具を着けての立合、本身の槍での型、最後の投擲は、新宮鷹之介の体内に宿る、武芸の探究心に火を点けてしまったようで心が落ち着かなかった。

鷹之介の昂ぶりこそ、誠之助にとっての名誉であった。

二度会ったものの、誠之助の方は鷹之介の剣の腕を見ていない。

だが、名高き大番組頭・剣持重兵衛を、まったく寄せつけずに打ち破ったという噂は届いている。

鷹之介の言行、物腰、演武への鋭い眼力を思えば、この頭取がいかに強いかが窺える。

――この御仁と立合うてみたい。

その想いは今、誠之助の体中を駆け巡っていた。

「恐らく、上様の御前で顔を合わせることになりましょう。それがすめば、次は武芸帖編纂所にお招きしとうござる」

鷹之介は、心を落ち着かせると、誠之助に頰笑んだ。

誠之助の表情も華やいだ。

「その日が来るのを楽しみにしておりまする」

こうして二人の達人は、互いの武芸の意地と、新たな友情の予感を胸に、この度の聞き書きの仕儀を終えたのであった。

そして鷹之介は、足早に赤坂丹後坂へと戻り、水軒三右衛門と松岡大八にこの日のことを、まくしたてるように伝えた。

二人は身を乗り出した。

「頭取のような武芸を楽しむ御方が、番方にいたとは驚きでござるな」

「上様が四番目の勝負をお命じになるは必定。勝たねばなりませぬな」

と、智恵を振り絞った。

だが二人とも、焦ることはないと達観していた。

確かに手槍をそのように極めれば、剣で戦う者は著しく不利であろう。

では、何ゆえ不利なのか。

その由を探ると、答えはすぐに出てくる。

剣をとって戦う身にとっては、甚だやり辛いからだ。

刀より長く、長柄の槍、薙刀などより小回りが利く。

なかなか懐に入るのが難しい。

それゆえ、稽古相手がいないと、いきなり手槍との対戦は面食らう。いかにして攻めればよいかを考えるうちに、逆に攻めたてられて、勝負に敗れてしまうのだ。

連城誠之助はというと、大物の剣士の陰に隠れて、直心影流の中では目立たなかったというが、剣術を稽古してきたので、いかにすれば剣術を修める相手を攻め易いかがよくわかっている。

「そこが御相手の強みでござるが、攻めどころでもござる」

大八はそう言う。

「攻めどころ……？」

鷹之介は首を傾げたが、

「なるほど、手槍で立合うたことのない武芸で相手が挑んできたら、連城誠之助の方が面食らう、か」

すぐにそこへ考えが及んだ。

「左様。武芸帖編纂所の頭取ともなれば、様々な武芸を身に付けておいでtogether でござる。余の者とは違いまするぞ。御相手も、既にその辺りのことが気になっているはず

「……」

「既に相手もその辺りのことが気になっている、か」

「いかにも、気の迷いは隙を生みましょう。剣で戦う者が、手槍の動きを読めぬ間に攻め立てられるのと同じく、そこで攻守が入れ替わるというわけでござる」

「大八……」

「何じゃ三右衛門、文句があるか」

「いや、お前は大した武芸者じゃよ。世が世であればのう」

「おかしなことを申すな。大した武芸者であるからこそ、ここでおぬしと、頭取の御側近くにいるのじゃよ」

「ははは、そうであったな。いや、これは御無礼仕った」

大八と三右衛門が、いつものごとく軽妙に言葉を交わすのを尻目に、

「我に武芸帖編纂所の術《すべ》あり、か。さて、相手を惑わせるにはどのような術を遣えばよいやら……」

鷹之介の表情に、不敵な笑みが浮かんできた。

それから、鷹之介と三右衛門、大八は、刻が経つのも忘れて、対手槍戦の策を練

った。

鷹之介が隣の新宮邸に帰る頃には、夜更けとなっていた。

「爺ィ、遅うなった。あれこれ聞かせたいこともあるが、明日にいたそう」

迎えに出た高宮松之丞には、労いの言葉をかけたものだが、

「何か騒ぎでもあったか？」

老臣の姿を見て頬笑んだ。

松之丞は、襷がけをしていたのだ。

「おお、これは御無礼仕りました……」

松之丞は慌てて、襷を外して、懐へ入れると、

「何をするにも鈍うなって困りまする」

恥ずかしそうにして頭を掻いた。

めっきり物忘れが酷《ひど》くなってきたゆえに、自室に保管してある古い日誌を引っ張り出して、読み返していたのだという。

「そうであったか。父、母のことで思い出したことがあれば聞かせてくれ」

「はい。御二方の御婚儀の折の話など、読み返しておきましょう」

「それはおもしろそうな。父と母の婚儀か……。この鷹之介の婚儀もそのうちに日誌に記すことになろうよ」

「爺ィめの命あるうちに願いまする」

「相わかった……」

あまり話すと痛いところを衝かれるゆえ、鷹之介はすぐに就寝したが、その夜は何故か鈴の面影がちらついて仕方がなかった。

七

かくして、新宮鷹之介はこれまでと同じく、支配への聞き書きをまとめた武芸帖を上書し、吹上の御庭に召された。

将軍・徳川家斉は上覧所に出て、この日も楽しそうな表情を浮かべて、聞き書きについて、鷹之介に問うたものだ。

「そちの報せによると、連城誠之助の手槍は相当なものじゃそうな」

「いかにも左様にござりまする。連城流手槍術と申し上げてもよろしゅうござりまする。番方のそれぞれの組に、かく手槍の遣い手がいれば、いざという時には大層心強いかと存じまする」

鷹之介は思うがままを言上した。

将軍の前ですらすらと言葉が出るのは、旗本の中では新宮鷹之介だけかもしれない。

とはいえ、言い淀むと家斉の機嫌はたちまち悪くなるので、鷹之介としては畏まりつつ、あれこれ話さねばならぬ。

妬み半分で、

「新宮鷹之介は大したものよ」

という者もあるが、とんでもないことである。鷹之介は堂々と申し上げているようで、いつも心の内で冷たい汗をかいているのだ。

「それは真にもって心強いことじゃ。日頃よりの研鑽の賜物とある」

家斉はここで、連城誠之助を庭先に呼び出し、

「連城誠之助、天晴れである」

と、まず彼の忠勤を称えると、

「そちも新宮鷹之介と同じく、武芸一途で今も妻を娶らぬと聞くが、やがて妻子を得て、家を栄えさせるがよい」

やさしい言葉をかけた。

「ありがたき幸せに存じまする」

誠之助は感涙を禁じえず平伏した。その折に、ちらっと鷹之介を見た顔には、深い謝意が込められていた。

鷹之介もまた平伏していたが、その時、幔幕の一画が取り払われ、上覧所の向こうにある小御殿が明らかになった。

小御殿の一間は庭に面していて、御簾《みす》が下ろされていた。

その向こうには、家斉の妻妾がいて、密かにこれから始まるであろう御前仕合を観覧するつもりなのだろうか。

鷹之介は小御殿の濡れ縁の端に控えている警固の武士に気付き、思わず目を奪われた。

髪を若衆髷《わかしゅまげ》に結い、美しき男装姿の別式女・藤浪鈴がそこにいた。

鈴は凛々しい表情を崩さず、粛然として警固の任についているが、鷹之介の姿を見ているのは確かであろう。

女だけの大奥にあって、その警固と奥女中への武芸指南に当っている鈴である。

彼女もまた、御簾内から観戦すべきであるが、男装をさせて外の縁に侍《はべ》らせたのは、鷹之介と顔を合わさせてやろうという配慮なのか、それとも連城誠之助に姿を見させる、見合の意味を持たせてのことか――。

――これはいかぬ。

すぐにでも仕合を所望されるかという折に、鷹之介の心は千々《ちぢ》に乱れた。

しかし、何やら胸が締めつけられながらも、

――勝つのだ、勝たねばならぬ!

その執念が、恐るべき力となって湧いてきたのである。

きっとそれが、今改めて気付く、鈴への恋情なのであろう。

「鷹之介!」

家斉が呼び掛けた。

「ははッ!」

「連城誠之助がいかなる手槍の技を修めているか、見とうなった。これにて仕合を

いたせ」

「畏まりましてござりまする」

「誠之助、よいな」

「ははッ！」

二人は白洲へと下がり、互いに礼を交わした。

将軍の御前であると、何かと堅苦しい作法を気にする者が出てくる。

家斉は、この度の鷹之介に課した御前仕合は、対戦する者同士の人となりが浮きあがってくるような、大らかなものでないとおもしろみがなくなるので、

「とにかくもったいをつけるでない」

重臣達にそう言い渡していた。

鷹之介と誠之助の爽やかな笑みのやり取りは、家斉が作りあげた和みといえる。

仕合は竹刀とたんぽ槍との一本勝負で、防具はそれぞれの好みとなった。

「わたくしが道具を着けておらねば、連城殿も思い切り打ちにくうござりましょう」

ということで、鷹之介は面、胴、臑当《すねあて》を着用、籠手はせず手甲《てっこう》を着け、袋竹刀の

大小を望んだ。

籠手をすると、手槍の強い払いを受けた時、竹刀をしっかりと握っていられず、取り落しやすくなると思われたからだ。

袋竹刀の大小を望んだのも、太刀を取り落せば脇差に頼るなど、大小をたばさむ武士の日常に少しでも近付けたいとの願いであった。

これに対して、誠之助は手槍を揮うのに、面を被っていては振り上げ辛いので、陣鉢に手甲、胴、臑当を着けて臨むことになった。

二人は互いの姿を見て、にこやかに頷き合った。

これで存分に戦えるが、防具をところどころ身に着けた姿が、互いにどこかおもしろかったのだ。

こんな時に、笑みを浮かべられる二人は、やはり似た者同士なのであろう。

見守る家斉は、これまでの仕合の中で、一番楽しそうな表情であった。

じっと見守る者達も、爽やかな武士二人の姿にいつしか見入っていた。

小御殿の縁には鈴。

幔幕の端にはこの度もまた、水軒三右衛門、松岡大八、高宮松之丞。

彼らは心の中で、鷹之介の勝利を信じていた。

若年寄・京極周防守が、この度も仕合開始の号令をかけ、新たに陣太鼓が打ち鳴らされた。

鷹之介は平青眼、その切っ先は相手の左眼に向けられている。

誠之助はというと、先日、屋敷での立合で見せたのと同じく、槍の柄の中ほどを持ち、片手で肩に担ぐ――。

初めて観る者は、その構えが珍しく、何が始まるのかと、誠之助の動きをじっと見つめていた。

――まず見物の衆を驚かせてさしあげん。

鷹之介は、仕合とはいえ誠之助の技の素晴らしさを見せてやらねばならぬと、まず前へ出て右から回り込みつつ、誠之助の小手を狙った。

その出足のよさと技の切れは、誠之助をひやりとさせたが、元より刀法に対する処し方はわかっている。

「えいッ!」

と、体を入れ替え、すっと、たんぽ槍を手の内ですべらせて前へ突き入れた。

六尺ばかりの槍が、長柄の槍のごとく伸びた。

鷹之介はこれを見切っていた。

「やあッ！」

と、槍身の部分を払い、そこから小手と胴を窺う。

その出端を押さえんと、誠之助は鷹之介の小手を棒術のごとく上から叩かんとし、これをかわされると、石突で相手の足を下から払わんと柄を返した。

鷹之介はさっと飛び下がって、両者は再び間合を切って対峙した。

凄まじい両者の動きと、剣槍の交錯による攻防は、観る者達を感嘆させた。

思わず漏れ聞こえる溜息の中、鷹之介と誠之助は、互いにニヤリと笑った。

――おもしろい。

――楽しい。

鷹之介は、実際に立合ってみて、誠之助がよくぞここまで手慰みで手槍を極めたものだと感激した。

誠之助は、噂に違《たが》わぬ鷹之介の腕に触れ、これだから武芸は、苦しくとも修練に堪えられるのだと思った。

構えて数合刃《ごう》を交じえると、

――この相手には負ける気がしない。

瞬時に思えてしまう相手よりも、勝負の行方がわからぬ力量を備えた者と戦いたい。

そうでなければ、立合など何もおもしろくないからだ。

好敵手との対戦は、おもしろくて楽しいものとなっていた。

さて、次はどうなるか――。

誠之助は、新たな攻めを模索した。鷹之介は武芸帖編纂所の頭取だけあって、長物相手にいかに戦うかを知っている。

――だが、これはどうかな。

誠之助は、手槍を頭の上で旋回させると、そこから上下に打ち分け、鷹之介を幻惑させた。

鷹之介は縦横無尽に振られるたんぽ槍に対して、防戦一方になった。

だが、このような長物の攻めは鈴の薙刀で知っている。

相手の調子に合わせてしまうと、技を拾われる。

右へ左へ体を捌いて何とかやり過ごすと、

「えいッ！」

とばかりに、左手で腰の小刀の袋竹刀を抜くと二刀に構えた。

「うむッ……」

誠之助は困惑した。

二刀流でくるとは思いもかけなかったからだ。そして、二刀流相手の立合はこれが初めてであった。

誠之助は、松岡大八の読み通り、武芸に対する豊富な知識を持つ新宮鷹之介が、何か仕掛けてくるであろうとは思っていた。

しかし、それに気を取られていては己が手槍術に迷いが生じると、ひたすら攻めた。

ところが鷹之介はその攻めをしのぎ、二刀流で逆襲に転じてきた。

大小それぞれの袋竹刀が、たんぽ槍を打ち払っては、誠之助の手許、足許を攻めてくる。

鷹之介の舞うような動きによって、二刀は予測不能の打撃を加えた。

——まさか。

誠之助は、完全に調子を狂わされた。

松岡大八が鷹之介に授けた秘策こそ、二刀流での攻めであった。

手槍は鷹之介にとって慣れない相手である。

ならばこちらも、誠之助の慣れぬ武術で戦えばよい。

かつて武芸帖編纂所では、二刀流を取り上げ探究した。

松岡大八が修めた円明流は、宮本武蔵《みやもとむさし》が二天一《にてんいち》流を編み出す以前に名乗った流儀である。

武蔵を崇拝する大八は、二刀を遣わんと努力したが、一刀で戦う方が剣の立合においては強いと判じていた。

しかし、大八の弟子・小谷長七郎《おだにちようしちろう》はこれにこだわり、果し合いで腕を痛めたものの、ひとつの成果を見つけた。

以後、大八は諦めかけていた二刀への夢を新たに模索し、鷹之介はそれに付合い、二刀を遣う効果を見つけんとしていた。

その結果、立合が膠着《こうちやく》した折や、形勢不利と悟った時、突如として脇差を抜き二刀で戦えば、相手に混乱が起こるであろう。その隙を衝けば、新たな勝機が生まれるのではなかろうかと、意見がまとまった。

それを今、鷹之介は、実践してみせたのだ。

鷹之介の二刀は、踊るような勢いで、誠之助の体にまとわりついた。

そうして、一旦間合を切ったかと思うと、

「えいッ！」

なんと、左手の小太刀を誠之助に投げ打った。

誠之助は見事にこれを払い落したが、その僅かな間に、鷹之介は彼の懐に入り、諸手で大刀を下から上へ打ち払い、たんぽ槍を撥ね上げた。

そして誠之助が構え直さんとした槍の柄をぐっと左手で摑んで引き寄せると、誠之助の首筋に右手で持った袋竹刀を押し当てたのである。

「うッ……！」

誠之助は絶句した。そうであった。槍の柄は太刀の刀身と違って、握ることが出来る。

握られた瞬間に、腰の太刀を抜いて対応しなければならなかったのだ。

武士は日頃から脇差を腰に帯びている。

その備えをそのままに、仕合に臨んだ鷹之介の心得の勝利であったといえる。

誠之助は、槍を手から放して、

「参りましてござる……」

その場に膝をついて畏まったのである。

鷹之介の耳に勝負の終りを告げる陣太鼓が響いた。

家斉は、満面に笑みを湛《たた》えながら大きく頷いた。

鷹之介は平伏して、

「御前にて、小太刀を投げ打つ不届きをお許し下さりませ」

と許しを乞うと、ちらりと鈴の方を見た。

鈴は姿勢をまったく崩さぬが、双眸《そうぼう》の強い輝きは遠くからでもわかる。

四番勝負に勝利した今、鷹之介はもうひとつの勝負を制さねばならぬと、落ち着かぬ心地でいた。

八

将軍・徳川家斉は、この度もまた、新宮鷹之介と連城誠之助の武芸の冴えを称えて、上覧所を後にした。

番方武士達の武辺《ぶへん》を憂えての、この度の聞き書きと御前仕合であったが、

「番方の者が武芸に励んでいる様子がようわかった」

と、家斉は大いに満足をしているらしい。

しかし、御前仕合はことごとく鷹之介が勝利しているのである。

「誰か一人くらい勝てる者がおらぬか」

と、不満のひとつも口にしそうなものだが、

「鷹をあれだけ手こずらせるとは大した奴よ」

と言うのであるから、将軍の頭の中では新宮鷹之介こそが、旗本の士の中で誰よりも強いと信じていることになる。

こうなると、ここまで鷹之介が四番勝負に臨んだのは、番方武士の武芸を確かめ

るというより、鷹之介が武芸帖編纂所に勤めて、いかに強くなったかを確かめるためのものではなかったかと思えてくる。

しかし、武芸帖編纂所も新宮家も、鷹之介の快進撃に湧き立ち、家斉の意図がどうであるかなどに気が回らなかった。

難敵と思われた連城誠之助を二刀で打ち破ったことに、松岡大八は狂喜した。水軒三右衛門は、先頃亡くなった柳生但馬守俊豊亡き後、混迷する柳生家からの要請で、数日の間、編纂所を出て、柳生家江戸屋敷へ行くことになった。

俊豊は、三右衛門の師・柳生俊則の養嗣子であったが、まだ三十一歳の若さで亡くなってしまい、嫡男・俊章はまだ十二歳である。

気儘《きまま》で癖が強く、柳生新陰流の門人としては忘れられつつあった三右衛門も、新宮鷹之介をここまで強くした立役者として注目を浴び始めたようだ。で、若年の当主の武芸指南の一人として、招かれたのだという。

「それもまた、めでたいことじゃ」

大八は三右衛門を称えて、

「まず、おぬしの剣を見せつけてやるがよい」

と、送り出したものだ。

高宮松之丞はというと、鷹之介の快進撃に浮かれていてはいけないと、新宮家の歴史などを問われればすぐに応えられるようにと、古い文書や日誌を引っ張り出して気を鎮めていた。

そのような中で、鷹之介は勝利の余韻《よいん》もそこそこに、連城誠之助を編纂所に招いた。

誠之助がそれを望んでいたこともあるし、好敵手と健闘を称え合いたいという思いもあった。

そして、もう一勝負が、彼との間に残っていたのである。

「某は頭取が羨ましゅうござる……」

編纂所を訪れた誠之助は、鷹之介が自分との間にもう一勝負を望んでいるなどとは夢にも思わず見物し、日々武芸帖を整理し、術の保存に努め、そのための武芸場まであると知り感嘆した。鷹之介は、

「今ではありがたきことと思いまするが、小姓組から外れてここへ来た時は、随分と哀しい想いをしたものでござる」

そのような話をしつつ、心の内は落ち着かなかったが、遂に覚悟を決めて、

「連城殿は、別式女の藤浪鈴殿のことをご存知でござるか」

と、問いかけた。これこそが、誠之助へのもう一勝負であった。

「別式女の……？　強くて美しい別式女がいるとはお聞きしましたが、その御方で？」

誠之助は、小首を傾げた。彼は鈴をよく知らないようだ。

「では、何も耳には……」

「何のことでござる？　おお、そういえば、その、別式女殿は頭取に嫁がれるのではないかとの噂を耳にしましたが、どうなのでござる」

誠之助は、からかうように言った。

その口ぶりから見ると、誠之助はまったくもって、鈴との縁組を家斉が望んでいるなどとは報されていないようだ。鈴への想いや執着なども、一切ないように思われた。何も報されていないのなら当然だ。

鷹之介は拍子抜けであった。

――ふふふ、何がもう一勝負だ。

しかし、心にかかっていた靄《もや》が一気に消え去ったような心地がした。

誠之助は、そんな話にはまったく興味がないようで、

「いやいや、このようなところで、日夜武芸について考えておいでなのでござるな。これではとても頭取に敵いませぬ」

と、過日の仕合について言及して、

「この次は、何があっても動じぬように、某もさらなる工夫をいたしましょう」

と、再戦を願ったものだ。

「それならば、この武芸場で続きをいたそうではござらぬか。いつでもお待ち申し上げておりますぞ」

鷹之介はそれからは、ただただ誠之助と武芸談義に花を咲かせると、松岡大八、中田郡兵衛、お光を交じえて宴を催し、和やかなうちに送り出したのである。

そして屋敷へ戻ると高宮松之丞に、

「御支配は何ゆえ、上様が連城殿に鈴殿を娶わせようとお考えになっている、などとこの鷹之介に仰せになったのであろうな」

と、問うた。

「それはやはり、上様も殿の朴念仁ぶりに業を煮やされたのでございましょうな」

「業を煮やされた……」

「連城様が、殿と同じ年恰好と見てとって、ぐずぐずしているならば、やがて鈴はどこぞにやってしまうぞ、とお思いなのでしょう」

「なるほどのう。だが、何と申せばよいのだ？　婚儀というものは、色々と順序を踏んで、お伺いを立てていたすものであろう。気に入ったからと申して、鈴殿に妻になってくれなどとは言えぬではないか」

「殿のことでございまするゆえ、御支配に直談判して奪いとるくらいのことをしてのけられるのではないか……。上様はそのようにお思いになっていたのでしょう。ところがまるで動きがないゆえ、おもしろうないと、揺さぶりをかけられたのでは……」

「う〜む……」

鷹之介はしばし考え込んでしまった。

松之丞はもう焦らなかった。

今度のことで、鷹之介が鈴を望む想いが強くなったのは確かだ。かなりの前進である。

——後は縁に頼るしかない。

そのように思えるようになったのだ。

松之丞には今、鈴のことよりももっと気になることがあった。

「殿、鈴様のことよりも、ちと気にかかることが出来《しゅったい》いたしました」

松之丞は、この話をしたくて鷹之介が屋敷へ戻るのを待ちかねていたのだ。

「何じゃ、申してみよ……」

鷹之介は、松之丞がいつになく深刻な表情でいるので、怪訝な目を向けた。

「水軒先生のことでござります る」

「三殿がどうかしたか」

「それが、あの先生は、先君に会うておられるのではないかと……」

「父上に？」

「はい。わたくしとしたことが、すっかりと失念いたし、今まで気がつきませなんだ」

「いつ会うたと申すのだ？」

「お亡くなりになられた日でござりまする」

「上様の鷹狩の折か？」

「はい」

「だが三殿は一言もそのような話はしておらぬではないか。何ゆえそう思うのじゃ」

「爺ィめの日誌に、それらしきことが書いてござりました」

「何だと……」

鷹之介の父・孫右衛門は、家斉の鷹狩に随身して、何者かと斬り結び命を落すのだが、出仕する前に、

「今日は御指南役がお見えになるそうな。御指南役には、おもしろいお弟子がいて、武芸の腕は申し分ないが、いずれにも仕官をする気もなく、何かというと武者修行の旅に出るとか……」

そんな話を松之丞にしたという。

御指南役というのは、柳生但馬守俊則のことである。その〝おもしろい弟子〟が、俊則の供をして鷹狩に随行するので、

「会うてみたいものじゃ」

と、孫右衛門は言っていた。

その剣客は頑固で思ったことを誰にでもずばずばと言い、変わり者と呼ばれているが、家斉は、

「おもしろい奴よ」

と、気にいっていて、

「今は思うがままにさせておき、あ奴が真に武芸を極めた折に召し出して、有無を言わさず召し抱えるつもりである」

そのようなことを言っているそうな。

孫右衛門の耳にその噂が流れてきて、武芸好きで腕に覚えのある彼は、会えるのを楽しみにしていた。

「孫右衛門、そちのような気難しゅうて武芸一途の者が柳生におる。そのうち会わせてやろう」

以前、家斉から言われたことがあったからだ。

そして孫右衛門は、そんな言葉を残して出仕し、帰らぬ人となった。

「おもしろい奴とな? 名はわからぬか」

鷹之介は訊ねたが、

「日誌には記されてはおりませぬ。先君も、そこまでは報されてはいなかったようで……」

松之丞はしかつめらしい表情で応えた。

だが、その指南役の弟子は、水軒三右衛門以外には考えられなかった。

鷹之介の父・孫右衛門は武芸優秀で、家斉の寵《ちよう》を受けていた。

将軍家が何かと鷹之介に目をかけてくれるのは、孫右衛門の忘れ形見であるからだ。

家斉が、亡父と三右衛門を引き合わせてやろうと考えたとしてもおかしくなかった。

二人は似ているところが多いし、若き日の孫右衛門は、剣術、小太刀術、棒術、柔術に長けていた。

「もう少し早く気付けばよろしゅうござりました。まったくもって困ったものでござりまする。このようなことを書き留めてあったことすら忘れてしまうとは……」

松之丞は首を竦《すく》めた。

三右衛門に訊ねたかったが、彼は今、柳生家の上屋敷にいる。

わざわざ問い合わせることでもないが、鷹之介は気になって仕方がなかった。

以前にも、三右衛門には、亡父と会ったことがあってもおかしくないと思い、問うたことがあったが、その折も三右衛門は、

「なるほど、左様でござりまするな。確かに御父上とどこかで会うていたとておかしゅうはござりませなんだ」

と、苦笑していたが、会ったことはないと言っていた。

そして、孫右衛門が討ち死にを遂げた鷹狩の場に、自分も随行していたとは言わなかった。

「先生のことゆえ、会うておられたなら、あれこれお話しをされているはず。いや、やはり〝おもしろい奴〟は、水軒先生ではなかったようでござりまするな。余計なことでござりました……」

松之丞は、はっきりとせぬことを主君に告げたことを悔やんだ。

やがて三右衛門は戻ってこよう。その折にまずそっと訊ねればよかったのだ。

「ふふふ、そうじゃのう。まず、そのうち三殿には訊ねてみよう。後、一番勝負が残っていよう」

鷹之介も松之丞の言葉に頷いた。

小姓組、書院番、大番、新番との四番勝負を制したとなれば、五番方で残すは小十人組となろう。

三右衛門の復帰が待たれる。

いつしか水軒三右衛門は、父のような、武芸の師でもあるような、鷹之介にとってなくてはならない人となっていた。

「爺ィ、御苦労であった」

老臣を心配させまいと、鷹之介は笑顔で話を済ませたものの、心の内に広がった波紋は、なかなか収まらなかった。

このところ、三右衛門を知れば知るほどに彼の心の闇が窺い見えるからだ。

それが父の死と何か関わりがあるのであろうか。いずれにせよ彼は自分に何かを隠している――。

鈴への想いが確かなものとなったというのに、そのときめきは、父の死の真相を知っているのではないかという、三右衛門への疑念に吹き消されようとしていた。

光文社文庫

文庫書下ろし／長編時代小説

五《ご》番《ばん》勝《しょう》負《ぶ》　若鷹《わかたか》武《ぶ》芸帖《げいちょう》

著　者　岡《おか》本《もと》さとる

2021年11月20日　初版1刷発行

発行者　鈴　木　広　和
印　刷　萩　原　印　刷
製　本　ナショナル製本

発行所　株式会社　光　文　社
〒112-8011　東京都文京区音羽1-16-6
電話 (03)5395-8149　編集部
8116　書籍販売部
8125　業務部

ISBN978-4-334-79277-0　Printed in Japan

組版　萩原印刷